KB262071

暗帝血路 암제혈로

설경구 新무협 판타지 소설
FANTASTIC ORIENTAL HEROES

暗帝血路 암제혈로

암제혈로 6

설경구 新무협 판타지 소설

초판 1쇄 찍은 날 § 2010년 7월 12일
초판 1쇄 펴낸 날 § 2010년 7월 17일

지은이 § 설경구
펴낸이 § 서경석

편집책임 § 서지현
편집 § 어정원

펴낸곳 § 도서출판 청어람
등록번호 § 제1081-1-89호
등록일자 § 1999. 5. 31
어람번호 § 제2-1950호

주소 § 경기도 부천시 원미구 심곡2동 163-2 서경B/D 3F (우) 420-822
전화 § 032-656-4452 팩스 § 032-656-4453
http://www.chungeoram.com
E-mail § chungeoram@chungeoram.com

ⓒ 설경구, 2010

ISBN 978-89-251-2227-4 04810
ISBN 978-89-251-2075-1 (세트)

※ 파본은 구입하신 서점에서 교환하여 드립니다.
※ 저자와 협의하여 인지를 붙이지 않습니다.
※ 이 책은 도서출판 청어람과 저작자의 계약에 의해 출판된 것이므로,
   무단 전재 및 유포 · 공유를 금합니다.

FANTASTIC ORIENTAL HEROES

설경구 新무협 판타지 소설

암제혈로

6

[완결]

도서출판 청람

제1장　　기회(機會)　　　　　　7

제2장　　후개　　　　　　　　39

제3장　　패천신마　　　　　　69

제4장　　소림사　　　　　　　107

제5장　　화산파　　　　　　　143

제6장　　과욕(過慾)　　　　　179

제7장　　차선(次善)　　　　　209

제8장　　선택(選擇)　　　　　245

제9장　　이유　　　　　　　　277

終　　　　　　　　　　　　　309

第一章
기회(機會)

暗帝血路 암제혈로

하암.

옥문경이 기지개를 켜며 하품을 하다가 슬쩍 연화 노인을 살폈다.

두 눈을 감은 채 가부좌를 틀고 앉아 있는 연화 노인에게서는 쫓기는 사람의 다급함이 전혀 느껴지지 않았다.

아예 대놓고 능장을 부리며 느릿하게 움직이더니 어제부터는 아예 이 객잔의 별채를 통째로 빌린 후 자리를 잡고서 눌러앉아 버렸다.

"유람이라도 나온 줄 아나?"

옥문경이 입을 삐죽 내민 채로 혼잣말을 중얼거렸다.

하지만 일부러 목소리를 크게 낸 것은 연화 노인이 들으라는 의도였다.

그리고 예상대로 반응은 금세 돌아왔다.

"시끄럽다."

"아, 제가 틀린 말을 하는 건 아니지 않습니까? 꽁지에 선불 맞은 멧돼지처럼 도망쳐도 모자랄 판에, 이렇게 여유를 부려도 됩니까?"

퉁명스레 대꾸했지만 연화 노인은 화를 내지도 않았다.

"잠자코 있거라."

"아니, 잠자코 있으라는 것이 말이 됩니까? 그래도 명색이 길동무인데 이유라도 말해줘야지 않겠습……?"

"죽고 싶지 않으면."

발끈하며 언성을 높이던 옥문경이 움찔하여 재빨리 뒤로 물러났다.

연화 노인은 여전히 눈을 감은 채 앉아 있었지만, 그가 뿜어내는 살기에 겁을 집어먹고 도망친 것이었다.

'빌어먹을. 칠 할? 팔 할? 아니, 어쩌면 내상이 거의 완치됐을지도 몰라.'

연화 노인은 여유를 부리는 사이 다른 것에는 일체 신경 쓰지 않고 오직 운기조식과 상처를 치료하는 데만 집중했다.

그 덕분인지 연화 노인이 뿜어내고 있는 살기도 이전과 비교할 수 없을 정도로 강하고 날카로웠다.

‘이게 진짜 저 노인의 무위라니 무시무시하군.’

그저 살기만으로도 가슴을 답답하게 만드는 연화 노인을 힐끗 살핀 옥문경이 서둘러 시선을 피했다.

번쩍.

지금껏 눈을 감고 있던 연화 노인이 갑자기 눈을 뜨고서 허리에 걸려 있는 검을 빼 드는 것을 보고서.

‘주둥이를 함부로 놀리다가는 진짜 죽을지도 모른다.’

본능적으로 생명의 위협을 느낀 옥문경이 입을 꾹 다물고 딴청을 피울 때, 연화 노인이 신형을 일으켰다.

“왜 이렇게 화를 내고 그러십니까? 제가 틀린 말을 한 것도 아닌데. 하하.”

“입 다물어라, 손님이 찾아왔으니까.”

‘손님?’

지레 놀라서 어색한 웃음을 터뜨리던 옥문경이 의아한 표정을 지었다.

그리고 그런 그의 눈에 별채 안으로 들어서는 한 노인이 보였다.

‘누굴까?’

오 척도 안 될 듯한 작은 키.

꼽추처럼 등이 굽고 어깨가 좁아서 더욱 왜소해 보이는 노인이었다.

특이한 것이라면 자신의 왜소한 체구와 거의 엇비슷한 크기의 흑색 철궁을 왼쪽 어깨에 매달고 있다는 것이었다.

그 노인을 확인하자마자 옥문경이 서둘러 기억을 헤집어 보았지만 등장한 노인의 정체는 짐작할 수 없었다.

다만 그가 풍기고 있는 엄청난 존재감과 위압감만으로도 대단한 고수라는 것은 직감할 수 있었다.

"자네가 직접 올 줄은 몰랐군."

그 위압감에 눌려 입을 뗄 생각도 하지 못하고 있던 옥문경 대신, 연화 노인이 희미한 웃음을 머금은 채 말했다.

"내가 오는 것이 당연하지."

"그런가?"

"천주의 명령이야."

그리고 두 노인은 이미 아는 사이였던 듯 반갑게 인사를 나누었다.

"누구세요?"

그 화기애애한 분위기를 놓치지 않고 슬그머니 연화 노인의 곁으로 다가간 옥문경이 질문을 던졌다.

"궁금하냐?"

"물론입죠. 이래 봬도 개방도인데 호기심이 없어서야 되겠습니까?"

"귀영마궁(鬼影魔弓) 월홍인이지."

연화 노인이 대수롭지 않게 대꾸했다.

그래서 무심코 고개를 끄덕이던 옥문경이 잠시 뒤 두 눈을 부릅떴다.

"귀영마궁!"

그리고 자신도 모르는 사이 소리를 지르고 말았다.

귀영마궁 월홍인이라니?

흡정악귀 홍무, 패천신마 혈무군과 함께 천하에 자자하게 흉명을 날렸던 마두이자 전대 고수였다.

이미 죽었을 것이라 여겼던 월홍인이 눈앞에 있다는 사실을 깨닫고 나자 오금이 저릴 지경이었다.

"이 시끄러운 천둥벌거숭이는 누구지?"

"개방 사결제자 옥문경이라고 합니다."

월홍인은 연화 노인에게 질문했지만, 대답은 옥문경이 했다.

행여나 기분이 상하지 않도록 최대한 공손하게 대답했지만, 월홍인은 이미 미간을 잔뜩 찌푸리고 있었다.

그리고 느닷없이 흑색 철궁에 화살을 재우는 것을 확인한 옥문경은 화들짝 놀라 손사래까지 치면서 소리쳤다.

"대체 왜 이러십니까? 이러지 마시고 일단 진정을……."

"난 내 앞에서 거짓말을 늘어놓는 놈을 살려둔 적이 없다."

"제가 무슨 거짓말을 했다고 이러십니까?"

"끝까지 시치미를 떼겠다?"

"……."

"개방의 용두방주가 우연히 길을 지나다가 화마에서 구해낸 어린놈을 자신의 후계자로 키운다는 소식은 들었지. 그 어린놈의 목덜미에는 화마로 인한 화상의 흔적이 남아 있고, 왼쪽 뺨에도 커다란 점이 있다고 하더군."

팽팽하게 당겨진 활시위.

금방이라도 쏘아져 나올 것 같은 활시위를 확인하고 얼굴빛이 사색으로 변한 옥문경이 지체하지 않고 납작 엎드리며 소리쳤다.

"개방 후개 옥문경입니다."

"후개?"

그 말을 듣고 눈살을 찌푸린 것은 연화 노인이었다.

"그것도 몰랐나?"

월홍인이 질책하듯 던진 말을 듣던 연화 노인이 뭔가 변명을 꺼내려 할 때였다.

옥문경을 향해 있던 팽팽한 활시위에 재운 화살이 갑자기 방향을 틀었다.

그리고 그 화살촉이 향한 끝에는 연화 노인이 서 있었다.

예기치 못한 상황 전개에 놀란 옥문경이 눈을 동그랗게 뜨고 살필 때, 연화 노인이 잔뜩 굳은 목소리로 물었다.

"이건 무슨 뜻인가?"

"날 원망하지 말게."

"……?"

"천주의 뜻이니까."

"천주의 뜻이다?"

"다른 사람도 아닌 날 보낸 것이 무엇을 의미하겠나? 자네의 숨통을 확실히 끊어놓으라 하시더군."

너무 충격이 커서일까.

연화 노인은 쉽게 말을 잇지 못했다.

그리고 한참 만에야 피식 웃으며 말했다.

"농담하지 말게."

"미안하지만 농담이 아닐세."

"대체 왜?"

"자넨 더 이상 필요가 없으니까."

연화 노인의 입가에 머물러 있던 웃음이 사라졌다.

"그럴 리가 없는데… 분명히 그럴 리가 없는데… 천주가 내게 그럴 리가 없는데… 천주가 나에게 이래서는 안 되는데……."

농담이 아니라고 확인해 주는 월홍인을 바라보던 연화 노인은 반쯤 넋이 나간 표정으로 혼잣말을 중얼거리기만 했다.

그리고 그사이에도 월홍인의 손에 들린 철궁의 활시위는 금방이라도 끊어질 것처럼 팽팽하게 당겨지고 있었다.

*　　　*　　　*

스르릉.

품에 안고 있던 아이를 서유림에게 넘겨준 후 진가흔이 허리에 걸려 있던 검집에서 검을 풀어냈다.

그 기세에 눌린 채 주춤거리며 뒤로 물러나던 고해운이 자신의 추태를 깨닫고 힘껏 소리쳤다.

"네놈이 무사히 살아갈 수 있을 것 같으냐?"

"물론이지. 죽는 건 너야."

"웃기는 소리. 고작 네놈 혼자서 우리 전부를 감당할 수 있을 것 같으냐?"

"그게 궁금하면 덤벼보든지."

잔뜩 흥분한 채 언성을 높이고 있는 고해운과 달리 진가흔은 나직한 목소리로 대꾸한 후 힐끗 주변을 살폈다.

"그리고 난 혼자가 아냐."

"무슨 소리냐?"

"이곳에 동료가 둘이나 있으니까."

진가흔이 빙긋 웃으며 대답했다. 그리고 각자의 애병을 꺼내는 석대운과 하연춘을 확인한 고해운이 긴장으로 인해 마른침을 꿀꺽 삼키며 다시 소리쳤다.

"흥, 그래 봤자 고작 셋이로구나."

"과연 저들이 누군지 알고 나서도 그렇게 말할 수 있을까?"

"……?"

"지금 이곳에 있는 세 명이 흑거보와 천평문, 초혼당을 모두 멸문시켰는데 그래도 고작 셋이라 할 수 있나?"

진가흔은 여전히 느긋했지만, 고해운은 시간이 흐를수록 점점 더 초조함을 감추지 못했다.

충격으로 인해 입을 벌리고 있던 고해운이 발악하듯 소리쳤다.

"여기 있는 것이 전부일 것이라 생각하느냐? 이제 머지않아 우리를 돕기 위해서 일백이 넘는 흑천의 무인들이 찾아올 것이다."

"안 와. 아니, 못 와."

"……?"

"다 죽었으니까."

죄인에게 사형을 선고하는 판관처럼 무심한 진가흔의 말을 듣고서 고해운의 안색은 순식간에 핼쑥하게 변했다.

그런 그를 더 이상 신경 쓰지 않고 진가흔은 입술을 질끈 깨물고 있는 서유림에게로 시선을 돌렸다.

"다 죽여도 되겠습니까?"

"조금 전에 자네와 얘기하던 자는 내게 넘겨주게."

"한 명이면 됩니까?"

"그자면 충분하네."

새끼손가락이 잘려 나간 아이의 손을 조심스레 어루만지며 대답하는 서유림의 목소리는 담담했다.

하지만 고해운을 노려보고 있는 그의 시선에는 얼음장처

럼 차가운 한기가 서려 있었다.

"그리하지요."

그 시선을 받고 움찔하는 고해운을 향해 씨익 웃음을 던지며 진가흔이 앞으로 나섰다.

이미 마음을 먹었다.

이곳에 있는 자들 중에 서유림이 원하고 있는 고해운을 제외하고 단 한 명도 살려두지 않기로.

우우웅.

주인이 먹은 살심에 화답하듯 검명이 터져 나왔다.

"너흰 실수했어."

"무슨 실수를 했다는 말이냐?"

"사람을 잘못 건드린 대가를 지금부터 치르게 될 거야."

석대운이 물 만난 고기처럼 거도를 휘두르며 가장 먼저 뛰어들었다.

타고난 신력을 바탕으로 펼치는 거침없는 패도.

극성까지 연성한 거문패도의 위력은 무시무시할 정도였다.

어느 누구도 석대운의 앞을 막을 수 없었다.

검으로 막으면 그 검을 부숴 버리며 돌진했고, 몸으로 막으면 그대로 반으로 갈라 버리고 지나쳤다.

석대운의 앞을 막던 이들의 잘려 나간 사지와 사방으로 뿌려지는 피로 인해 잔뜩 달아오른 장내로 하연춘이 뛰어들었다.

장내를 덮고 있는 자욱한 피 안개.

그 피 안개와 무척이나 잘 어울리는 두 자루 붉은 겸이 은밀하게 움직이기 시작했다.

혈겸이 지나간 자리.

목이 잘려 나간 시체만이 남았다.

언제 당했는지도 모르기에 억울한 듯 두 눈을 부릅뜨고 죽어 있는 시체들 사이로 마지막으로 진가흔이 움직였다.

일검일살(一劍一殺).

이미 아수라장으로 변해 버린 장내에 서 있는 흑천의 무인들 중 제정신을 유지하고 있는 이는 별로 없었다.

그런 그들이 진가흔이 살기를 담아 휘두르고 있는 검을 막을 수 있을 리 없었다.

일검을 휘두를 때마다 한 사람의 목숨이 사라졌다.

하지만 여전히 남아 있는 적의 수는 많았고, 천천히 고개를 들어 남은 자들을 살피던 진가흔이 결심을 굳힌 듯 검을 고쳐 잡았다.

천변만화(千變滿花).

길게 끌고 싶지 않은 싸움.

그래서 진가흔은 육합검 후반부 오초식 중 세 번째 초식인 천변만화를 펼치기로 견심했다.

피비린내가 자욱한 장내와는 전혀 어울리지 않는 매화 향이 진가흔의 손에 들린 검극에서 흘러나오기 시작했다.

그리고 그 매화 향은 시간이 흐를수록 더욱 강해지며 장내에 퍼져 있던 피비린내를 상쇄시켜 버릴 때쯤 붉은 매화 한 송이를 피워냈다.

처음 한 송이였던 매화는 어느 순간 수를 셀 수 없을 정도로 불어났다.

그 매화들은 진가흔의 모습까지 순식간에 가려 버렸다.

이것이 진정한 의미의 천변만화.

그리고 진가흔의 모습까지 가려 버릴 정도로 불어난 매화는 한순간 사방으로 흩어지며 적들을 향해 파고들었다.

"크흑!"

"크아악!"

천변만화의 위력은 엄청났다.

진가흔의 신형을 뒤덮고 있던 매화들이 거짓말처럼 사라졌을 때, 장내에는 오직 고해운만이 두 다리로 버티고 서 있었다.

벌벌.

압도적이라는 말로밖에 표현할 수 없는 진가흔의 무위를 확인하고서 고해운의 손에 들린 검이 사시나무처럼 떨리기 시작했다.

"이런 개 같은……."

"경고했을 텐데."

"오지 마!"

“······.”

“젠장, 오지 말라고. 삼봉공, 그래, 삼봉공님이 오고 계신다. 삼봉공님만 오신다면 네놈 따위가 감당할 수 있을 것 같아?”

다가오지 말라고 애원하듯 소리치는 고해운의 말을 무시한 채 성큼성큼 걸음을 옮기던 진가흔이 그의 바람대로 멈춰 섰다.

“왜, 겁나느냐?”

그 모습을 확인하고 잠시 기세가 살아난 고해운이 소리쳤다.

“참월신검 말인가?”

“그래, 삼봉공님이 바로 참월신검이다.”

“그가 이곳으로 온다? 그것도 나쁘지 않지.”

“무슨 소리냐?”

“내가 몰랐을 것 같나? 참월신검이 이곳에 오도록 만든 것이 바로 나인데.”

하지만 진가흔은 조금도 겁을 먹지 않았다.

“설마······.”

“아쉽게도 넌 그가 오는 것을 보지 못할 거야. 네 살점을 한점 한점 발라내겠다고 기다리는 사람이 있으니까.”

오히려 차가운 미소를 지은 채로 던진 말을 듣고서 고해운이 다시 신형을 부들부들 떨기 시작했다.

"사실 기대하지 않았네."

김이 모락모락 올라오고 있는 뜨거운 차를 한 모금 마시고 내려놓은 서유림이 진가흔에게 솔직한 속내를 털어놓았다.

"그 당시의 나는 그만큼 절박했었네."

"알고 있었습니다."

"알고 있었다?"

"가족의 안위가 달려 있었을 테니까요."

진가흔의 말이 정곡을 찔러서일까.

살짝 놀란 표정을 짓고 있던 서유림이 담담히 고개를 끄덕이며 대꾸했다.

"사실 지푸라기라도 잡는 심정이었네."

"지푸라기가 아니라 튼튼한 동아줄을 잡은 셈이지요."

"그래, 그런 셈이로군."

서유림이 흡족한 듯 웃었다.

그리고 다시는 보지 못할 수도 있었던 자식인만큼 각별한 애정이 담긴 눈으로 잠든 아들을 힐끗 살핀 서유림이 말했다.

"이젠 내가 보답을 할 차례로군."

"도와주실 생각입니까?"

"받은 것이 있으면 돌려주는 것이 있어야 마땅한 법. 무림인들은 이걸 은원(恩怨)이라 한다지만 상인인 나는 이것을 상도덕이라 여긴다네."

"도움을 주신다면 사양하지 않겠습니다."

"사람을 구할 생각이겠지?"

"그렇습니다."

서유림은 진가흔이 원하는 것이 무엇인지 이미 알고 있었다.

"그전에 하나만 물어도 되겠습니까?"

"뭐든지 묻게."

"내가 알고 있는 강호의 진짜 무인들은 돈에 의해 쉽게 움직이지 않지요. 어지간한 황금을 제시한 것으로는 그들을 움직이는 것이 불가능했을 터인데 대체 무슨 수로 그만한 무인들을 포섭했습니까?"

"후후, 자네 말대로 황금이 전혀 먹히지 않는 자들이 있지. 상인인 나로선 이해하기 힘들지만 황금보다 자신의 명예를 더 중요하게 생각하는 이들이 많았네. 그래서 약간 다른 방법을 사용했지."

"어떤 방법입니까?"

"난 뼛속까지 상인이네. 그리고 상인이란 내가 가지고 있는 물건을 팔아서 수익을 내기 위해서 상대의 마음을 현혹시키고 충족시켜야만 하지. 그 가장 기본적인 상도에서 방법을 찾았네."

"……?"

"무인들이 원하는 것은 무엇일까에 대해 생각했지. 그리고 곰곰이 생각해 보니 그들이 가장 원하는 것은 단 한 가지더군. 바로 좀 더 강해지는 것이었네. 그래서 황금을 풀어서 영약을 사들였지.”

서유림이 빙그레 웃으며 말했다.

그 이야기를 듣고 진가흔이 무릎을 쳤다.

내력을 증진시키는 데 도움이 되는 것이라면 그게 무엇이든 간에 욕심을 내는 것이 무인이라는 존재였다.

그리고 서유림이 노린 것은 강해지고 싶다는 무인들의 욕심이었다.

물론 그 사실을 모르는 이는 없다.

그렇지만 아무나 할 수 있는 일도 아니었다.

서유림에게 그만한 재력이 있기에 세울 수 있는 계획이고, 또 그 계획을 가능하게 만든 것이다.

“그럼?”

“그래, 자네 짐작대로일세. 내가 움직일 수 있는 돈을 모두 털어서 영약을 사 모았더니 아직 꽤나 많은 양이 남아 있네. 그 정도라면 아마 자네에게 힘을 실어줄 정도의 고수들을 모을 수 있을 걸세.”

진가흔이 말없이 고개를 끄덕였다.

비록 충분하다고는 할 수 없으나 서유림이 준비한 영약을 통해 어느 정도로 힘이 될 만한 고수들은 모을 수 있을 터였다.

물론 아쉬움이 남지 않을 리 없지만 현재로서는 이것으로 만족해야 했다.

"잠시 이곳에 머물러야겠습니다."

"그래, 아마도 무인들을 모으는 동안에 시간이 걸릴 테니."

"그 이유 때문이 아닙니다."

"그럼 무슨 이유 때문인가?"

"흑천의 삼봉공. 연화 노인이 이곳으로 찾아올 것이기 때문입니다."

"그렇군."

서유림이 침음성을 내뱉는 것을 확인한 진가흔이 희미하게 웃으며 덧붙였다.

"그자와 나, 그리고 서 장주 사이에 맺힌 악연. 그 끝을 보기에는 이곳만큼 괜찮은 것도 없는 듯합니다."

*   *   *

"크흑."

이를 악문 채로 움켜쥐고 있던 화살대를 뽑아내던 옥문경의 꽉 다문 입새를 비집고 신음성이 흘러나왔다.

일반 화살과는 비교도 할 수 없을 만큼 커다란 화살촉 때문인지 무려 한 움큼이나 되는 살점이 끌려 나왔다.

화살촉에 독을 바른 것 같지도 않았건만 화살을 맞은 왼쪽

팔 전체가 마비되며 움직일 수가 없었다.

"귀영마궁, 이 빌어먹을 늙은이를 확."

분을 이기지 못하고 콧김을 씩씩 내뿜던 옥문경이 한숨을 내쉬며 또 하나의 화살대를 움켜쥐었다.

"이빨 꽉 깨물어요. 더럽게 아프니까."

역시 힘주어 화살을 뽑아내자 화살이 꽂혀 있던 옆구리에 생긴 커다란 구멍을 통해 피가 철철 흘러나왔다.

하지만 연화 노인은 전혀 아픔을 느끼지 못하는 듯 신음성도 흘리지 않았고 지혈을 할 생각도 않았다.

"그럴 리가 없는데……."

반쯤 넋이 나간 표정으로 계속해서 같은 말만 중얼거리고 있었다.

"완전히 맛이 갔네. 정신 좀 차려요!"

연화 노인을 대신해서 혈도를 점해 지혈을 하던 옥문경이 답답한 표정을 지은 채 소리를 질렀지만 헛수고였다.

연화 노인의 두 눈에는 여전히 초점이 돌아오지 않았다.

결국 한숨을 내쉰 옥문경이 품에서 꺼낸 금창약을 연화 노인의 옆구리에 바르며 위험했던 순간을 떠올렸다.

귀영마궁 월홍인과 참월신검 연화 노인.

현 강호를 대표하는 절대자들의 대결.

이건 돈 주고도 보지 못하는 엄청난 대결이었다.

그래서 한순간도 놓치지 않기 위해서 옥문경은 실핏줄이 터질 정도로 눈에 힘을 주고 지켜보았다.

그리고 두 사람의 대결은 예상대로 옥문경의 기대를 저버리지 않았다.

한 번 조준하고 활시위를 당기면 귀신의 그림자조차 놓치지 않고 꿰뚫어 버린다고 알려진 월홍인의 궁술.

밤하늘에 떠 있는 달마저 두 조각으로 잘라 버리는 착각을 불러일으킬 정도라 알려진 연화 노인의 쾌검.

그런 두 사람의 대결이니만큼 길게 이어질 리 없었다.

두 사람의 대결은 순식간에 끝났다.

패애앵.

당장 끊어질 것처럼 팽팽하게 당겨진 활시위가 출렁이자 재워져 있던 화살이 연화 노인을 향해 쏘아져 나갔다.

하지만 옥문경은 두 눈을 부릅뜨고 있음에도 그 화살을 보지 못했다.

무형시란 이름은 괜히 붙은 것이 아니었다.

두 사람 사이의 거리는 고작 삼 장.

어느 누구라도 저 정도 떨어진 거리에서 쏘아지는 월홍인의 화살을 피하지 못할 거라는 옥문경의 짐작은 틀리지 않았다.

연화 노인은 무형시를 피하지 못했으니까.

하지만 제하십이성 중 한 자리를 차지하고 있는 무인답게 연화 노인이 보여준 대응도 눈부셨다.

옥문경이 잠시도 눈을 떼지 않고 지켜보고 있는 가운데 연화 노인의 신형은 희끗한 잔상만을 남기고 사라졌다.

번쩍.

그와 동시에 섬전처럼 빠른 검이 허공을 갈랐다.

그 광경을 보며 옥문경은 확신했다.

저건 의도하고 움직인 것이 아니라는 것을.

이미 연화 노인은 반쯤 넋이 나가 있는 상태였고, 위험이 코앞으로 닥치자 본능적으로 움직인 것뿐이었다.

그리고 찾아온 정적.

처음 서 있던 자세에서 위치만 정반대로 바뀐 채로 두 사람은 마치 아무 일도 없었다는 듯이 서 있었다.

'누가 이겼을까?'

털썩.

옥문경이 마른침을 꿀꺽 삼키며 두 눈을 빛내고 있는 사이 먼저 무릎을 꿇은 것은 연화 노인이었다.

검정색 화살에 옆구리가 꿰뚫린 채 무릎을 꿇을 때만 해도 월홍인이 이긴 것이라 생각했지만, 그 판단은 잘못된 것이었다.

힘겹게 돌아선 월홍인은 반이나 갈라진 복부를 움켜쥔 채 내장이 비집고 나와 쏟아지려는 것을 간신히 막고 있었다.

'월홍인이 졌어!'

의심의 여지없이 그렇게 생각하고 있던 옥문경은 월홍인의 두 눈을 마주하고 자신의 생각이 잘못되었다는 것을 깨달았다.

저런 엄청난 부상을 입었음에도 불구하고 월홍인의 두 눈은 동요하지 않고 차분하게 가라앉아 있었다.

"그럴 리가 없는데……."

그리고 다시 철궁을 세워 바닥에 주저앉아 있는 연화 노인을 겨누었다.

'젠장! 정말 쏠 기세잖아.'

설마 하고 있던 옥문경이 한숨을 내쉬었다.

활시위를 당기기 위해 복부를 움켜쥐고 있던 손을 떼자, 갈라진 복부를 통해 내장이 꾸역꾸역 밀려 나왔다.

그렇지만 월홍인은 아무런 고통도 느끼지 못하는 사람처럼 아랑곳하지 않고 활시위를 팽팽하게 당겼다.

패애앵.

비록 첫 번째 화살의 위력에는 미치지 못했지만 여전히 엄청난 기세가 담긴 화살이 쏘아졌다.

"빌어먹을!"

그 모습을 확인하자마자 옥문경이 인상을 잔뜩 쓴 채로 신형을 날려서 연화 노인의 뒷덜미를 낚아챘다.

아직 연화 노인은 죽어서는 안 되기 때문에 어쩔 수 없이 내린 결단이었다.

푹.

다행히 늦지 않게 연화 노인을 구할 수 있었지만, 옥문경도 왼팔에 화살이 박히는 것까지는 피할 수 없었다.

화살이 맞은 것은 왼팔이었지만 온몸이 찌르르 울렸다.

골수까지 흔들리는 느낌.

"무슨… 짓이냐?"

그래서 정신을 차리지 못하고 있을 때, 월홍인이 붉은 내장을 바닥에 꾸역꾸역 쏟으면서도 노성을 토해냈다.

"외람된 말씀이지만 아직 죽어서는 안 되거든요."

"네놈이……."

"힘드실 텐데 그만 포기하시죠."

옥문경이 연화 노인을 어깨에 들쳐 메며 말했다.

하지만 월홍인은 역시 대단한 사내였다.

그런 상황에서도 쉽게 죽지 않고 결국 한마디를 덧붙였다.

"무슨 일이 있어도… 저 두 놈을 죽여라."

그리고 그 말이 옥문경이 지금까지 쉬지도 못하고 죽을힘을 다해서 여기까지 도망치게 된 이유였다.

"진짜 힘들어서 죽어도 더는 못 가겠네."

여전히 제정신을 차리지 못하고 있는 연화 노인을 들쳐 업고 움직이려던 옥문경이 고개를 절레절레 흔들며 바닥에 털썩 주저앉았다.

그런 그가 주섬주섬 배낭을 뒤져 부싯돌과 화약이 담긴 통을 꺼냈다.

피융.

그리고 부싯돌을 사용해 불을 붙이자 화약이 담긴 통이 허공으로 높이 떠오르며 붉은색 연기를 만들어냈다.

"이래 봬도 내가 후개야."

이건 개방의 방도들에게 보내는 신호.

이 신호를 보낸 이상 자신의 위치가 드러나는 것은 어쩔 수 없지만, 지금 상황으로서는 이게 최선이었다.

뒤를 쫓는 자들에게서 최대한 멀리 거리를 벌린 채 개방의 방도들이 돕기 위해 찾아오는 것을 기다려야 했다.

연화 노인을 들쳐 업은 옥문경이 이를 악물고 일어나서 다시 힘겹게 한 걸음씩 떼기 시작했다.

*　　　*　　　*

무섭게 타오르는 화마.

수백 년의 역사를 이어온 전각들이 불타고 있었다.

매캐한 냄새가 코끝을 찌르고 있었지만, 그 불길을 잡기 위해 뛰어다니는 종남파의 제자들은 아부도 없었다.

"모두… 죽었군."

참혹한 죽음을 맞이한 제자들의 시신을 물끄러미 지켜보

던 종남파의 장문인인 현허 진인의 얼굴이 일그러졌다.

그런 그를 향해 다가오는 중년인.

"네놈은… 대체 누구냐?"

가쁜 숨을 몰아쉬며 현허 진인이 물었다.

"이제 와서 알게 되면 뭐가 달라질까?"

"네놈은……."

"그래도 굳이 알고 싶어한다면 대답은 해주지. 흑천의 천주 위무성이야."

"흑천!"

가뜩이나 창백하던 현허 진인의 낯빛이 백지장처럼 하얗게 변할 때 위무성이 바닥으로 늘어뜨리고 있던 검을 다시 들어 올렸다.

그 모습을 확인하고서 현허 진인의 두 눈이 급격히 흔들렸다.

'어디서 이런 괴물이 나타났을까?

제하십이성 중 한 자리에 그 이름을 올리고 있는 현허 진인은 검을 든 자신의 손이 떨리고 있다는 사실을 뒤늦게 깨달았다.

'두려워한다? 내가?

그저 검을 들어 올린 것뿐이었다.

하지만 현허 진인은 숨이 막힐 정도로 엄청난 위압감을 느꼈다.

아직 싸움이 시작되기도 전이었는데 벌써부터 기세에서 밀린다면 절대 얻을 수 없는 것이 승리.

그것을 누구보다 잘 알고 있는 현허 진인이었지만, 마음과 달리 검을 쥔 손의 떨림은 멈추지 않았다.

'졌군!'

굳이 손을 섞어보지 않더라도 직감적으로 느낄 수 있었다, 이 대결에서 패하는 쪽은 자신이 될 것이라는 것을.

하지만 종남파의 장문인이라는 무거운 직책을 맡고 있는 자로서 아무것도 해보지 않고 물러설 수는 없었다.

진원진기까지 모조리 끌어 쓰는 한이 있더라도 종남파의 장문인으로서의 마지막 자존심은 지켜야 했다.

하늘로 올려 세운 검을 쥔 오른손에 왼손을 받치듯 살짝 가져다 댔다.

천하삼십육검의 기수식.

"나쁘지 않군!"

기수식을 힐끗 살피고 있던 위무성이 고개를 끄덕이며 검을 겨누는 것으로 대결이 시작되었다.

하늘을 향해 있던 검극이 떨어져 내리며 흐르는 강물처럼 도도한 내력을 담은 검식이 유려하게 펼쳐졌다.

천지인(天地人).

하늘과 땅, 그리고 그 사이에서 검무를 추는 한 사람.

검신합일(劍身合一).

검과 그 검을 움켜쥐고 있는 사람이 하나가 되어가며 가슴 속을 메우고 있던 두려움이 점차 사라져 갔다.

그리고 검이 향하는 끝에 서 있는 위무성을 향해 노도와 같은 진기를 담은 검이 떨어져 내렸다.

'참격!'

무엇이든 벨 수 있다는 자심감이 있었다.

그래서 자신있게 검을 휘두르던 현허 진인의 표정이 굳어 졌다.

왜일까?

막힘없이 흐르던 진기의 흐름이 끊어졌다.

그리고 그 찰나의 틈을 놓치지 않고 위무성이 검을 휘둘렀다.

"이게… 무슨……."

길게 베어진 가슴에서 뭉클거리며 흘러나오는 선혈을 바라보던 현허 진인의 얼굴이 일그러졌다.

절기 중의 절기로 알려진 종남파의 검법인 천하삼십육검이 약한 것이 아니었다.

이걸 뭐라고 해야 할까.

굳이 말로 설명하자면 위무성은 종남파의 절기인 천하삼십육검을 속속들이 파악하고 있다고밖에 설명할 수 없었다.

줄곧 밀리는 것처럼 보이던 그는 초식과 초식이 이어지는 찰나에 불과한 짧은 시간들을 마치 알고 있다는 듯이 치고 들어와 맥을 끊어버렸다.

"너는 알고… 있었구나."

"눈치챈 듯하군."

"어떻게… 어떻게 네가 천하삼십육검을 알고 있단 말이냐?"

"비급이 있으니까. 아, 그렇게 억울한 표정을 짓진 말아. 종남파뿐만 아니라 구대문파와 오대세가의 비전 절초라 불리는 무공의 비급은 모두 가지고 있으니까. 이미 속속들이 알고 있는 무공에 당하는 멍청이는 없는 법이지."

"그런 말도 안 되는……."

"그쯤 하지. 무척이나 힘들어 보이는데. 하긴 무릎을 꿇지 않는 게 종남파의 장문인에게 남은 마지막 자존심이라면 맘대로 해. 서서 죽는다고 해서 종남파의 자존심이 지켜질지는 모르지만."

흙바닥에 틀어박은 검에 의지해서 간신히 서 있는 현허 진인을 힐끗 살핀 위무성이 빙글 신형을 돌렸다.

"네… 이놈!"

그런 그의 모습을 확인한 현허 진인이 바닥에 꽂아두었던 장검을 빼 들고 노호성을 터뜨리며 달려들었지만, 위무성의 검이 더 빨랐다.

서걱.

위무성의 검에 담긴 검기가 현허 진인의 신형을 반으로 갈라 버렸다.

"그냥 곱게 죽을 것이지."

핏덩이가 된 채로 꿈틀거리고 있는 현허 진인의 처참한 최후를 내려다보던 위무성이 혀를 끌끌 찼다.

"일이 꼬이는군."

그리고 다시 신형을 돌린 위무성이 못마땅한 표정을 지었다.

흑천에서 삼봉공의 직책을 맡고 있는 참월신검을 죽이기 위해 이봉공인 귀영마궁 월홍인을 보냈다.

당연히 월홍인이 그 임무를 완수할 것이라 믿었다.

하지만 상황은 반대였다.

죽은 것은 오히려 월홍인이었다.

그리고 삼봉공은 아직 살아 있었다.

비록 월홍인의 무형시에 옆구리가 꿰뚫렸다고 하나 여태껏 숨이 붙어 있다는 것이 위무성의 신경을 쓰이게 만들었다.

"방심했군!"

귀영마궁 월홍인의 무공이라면 절대 참월신검에게 패할 리가 없었다.

직접 눈으로 보지 않았지만 월홍인은 방심했고, 그 순간의 방심이 예상과는 다른 결과를 만들어내었을 것이다.

"삼봉공을 구해간 것이 개방의 후개라고 했나?"

"그렇습니다. 단지신룡(段指新龍) 옥문경이라는 자입니다."

"개방. 눈엣가시처럼 거슬리는군."

"칠까요?"

위무성의 눈치를 살피던 문사가 조심스레 말을 꺼냈다.

하지만 위무성은 혀를 끌끌 차며 고개를 흔들었다.

"모든 일에는 순서가 있는 법이지. 지금은 개방을 칠 때가 아니야."

"……?"

"긴 시간 동안 고생해서 안배해 두었던 숨겨둔 전력들이 그 힘을 써먹어보기도 전에 하나씩 사라지고 있어. 몸통은 멀쩡해도 팔다리가 잘려 나가 버리면 제대로 된 힘을 낼 수 없는 법이지."

위무성의 설명을 듣고 난 문사가 수긍하고서 고개를 숙였다.

"그럼 다음은 어디로 가실 생각이십니까?"

"하나씩 하지."

"그 말씀은?"

"우선 삼봉공부터 처리해야겠어. 월홍인이 실패했으니 그보다 더 강한 자를 보내야겠지. 혈노인을 움직이게."

맹렬한 화마에 휩싸여 있던 종남파의 전각들이 하나둘씩 쓰러져 내리는 것을 지켜보던 위무성이 결심을 굳힌 듯 대답했다.

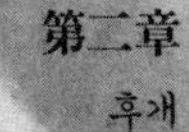

第二章

후개

暗帝血路 안제혈로

"빌어먹을. 진짜 빌어먹을."

어깨에 둘러메고 있던 연화 노인을 바닥에 던져 버린 옥문경이 거칠게 숨을 몰아쉬며 욕설을 내뱉었다.

연화 노인을 등에 둘러멘 채 꼬박 하루 밤낮을 도망쳤다.

그리고 그사이에 위기가 왜 없었을까.

흑천의 무리는 치가 떨릴 정도로 집요했고, 옥문경은 왼쪽 어깨와 오른쪽 등 윗부분에도 화살을 얻어맞았다.

"그럴 리가 없는데… 분명히 그럴 리가 없는데……."

하지만 화살에 당한 상처보다 더 괴로웠던 것은 들쳐 메고 있던 연화 노인이 쉬지 않고 중얼거리는 것을 듣는 것이었다.

'버려 버릴까?

오죽했으면 도중에 몇 번이나 그런 생각을 했을까.

그렇지만 목적지인 서가상단에 도착하고 나니 연화 노인을 버리지 않기를 잘했다는 생각이 들었다.

"쯧쯧."

흙바닥에 내동댕이쳐진 채 일어날 생각도 하지 못하고 초점없는 멍한 눈빛으로 같은 말만 중얼거리고 있는 연화 노인을 보며 옥문경이 혀를 찼다.

지금 눈앞에 있는 이 초라한 행색의 노인이 제하십이성 중 일인인 참월신검이라고 하면 어느 누가 믿을까.

"나이 든 양반한테 이런 말 하긴 좀 그렇지만 조직생활이라는 게 원래 그래요. 필요할 때는 간 쓸개라도 다 빼줄 것처럼 하지만 쓸모가 없다고 여겨지면 인정사정 봐주지 않고 내치거든요. 그러니까 몸과 마음까지 바쳐 가면서 죽어라고 충성해 봐야 다 소용없는 짓이라니까요."

이미 제정신이 아닌 연화 노인인 만큼 알아들을 것 같지는 않았지만, 그 모습이 너무 안쓰러워서 참지 못하고 한마디를 던지던 옥문경이 느긋하게 다가오는 육비능의 모습을 확인하고 두 뺨을 부풀렸다.

"조금 전의 말은 차기 개방을 이끌어갈 후개가 할 말은 아닌 것 같은데."

"죽고 나면 후개가 다 무슨 소용이겠습니까?"

“고생했구나.”

“고생요? 지금 후개가 다 죽어가는 것 안 보입니까? 내가 그렇게 구조 요청까지 했는데 나타나지도 않고 여기 틀어박혀 계셨습니까?”

“급한 일이 있었다.”

“급한 일요? 뭔데요?”

“긴히 상의할 일이 있었지.”

“그게 향후 십만 개방 방도를 이끌어갈 인재인 후개의 목숨을 살리는 것보다 더 중요한 일이었습니까?”

“강호에서 단지신룡이라 불리는 후개의 능력을 믿었지.”

역시 나이는 거저먹는 것이 아니었다.

옥문경이 이글거리는 눈빛으로 매섭게 노려보며 조목조목 따졌지만, 육비능은 미꾸라지처럼 빠져나갔다.

그리고 그 모습이 더욱 옥문경의 화를 불러일으켰다.

“후개 자리 내놓을랍니다.”

“그러던가. 잘 찾아보면 괜찮은 후개감 하나 못 찾을까.”

“어라.”

느긋한 육비능의 대꾸를 듣던 옥문경이 기가 막힌 표정을 지은 채로 거칠게 콧김을 내뿜었다.

“어디 두고 보시죠.”

“두고 보자?”

“기필코 개방의 방주가 되어서 이 수모를 되갚아 드리죠.”

"장로 직을 내놓고 은퇴할 때가 멀지 않았군. 그보다 인사나 나누게. 이자는 회한독룡, 현 강호를 뒤흔들고 있는 자지."

육비능을 매섭게 노려보던 옥문경이 진가흔에게로 고개를 돌렸다.

그리고 그런 그의 두 눈에 이채가 스치고 지나갔다.

얼굴 위를 가로지르고 있는 십 자 형태의 굵은 흉터가 시선을 사로잡았지만, 그보다 형형하게 빛나는 안광이 더욱 인상적이었다.

게다가 굳이 드러내려 하는 것 같지 않음에도 은연중에 풍겨 나오는 기도는 옥문경의 예상을 훨씬 뛰어넘는 수준이었다.

얼핏 보아서는 비슷한 연배.

지금껏 비슷한 또래에서는 자신보다 뛰어난 자가 없다는 자부심을 은근히 가지고 있던 옥문경이었기에 큰 충격으로 다가왔다.

그리고 그 충격은 자연스레 시기와 질투라는 감정으로 이어지려 했지만, 옥문경은 고개를 흔들어 그 감정을 떨쳐 내고 희미한 웃음을 머금은 채 포권을 취했다.

"개방의 후개 옥문경이오."

"진가흔이라 하오."

가볍게 포권을 취해 인사를 받으며 진가흔이 옥문경을 유심히 살폈다.

개방의 거지임을 감안한다면 조금 깔끔한 편이긴 했지만 겉으로 보기에 특출난 면은 보이지 않았다.

아니, 조금 전 개방의 장로인 육비능과 나누던 대화를 통해서 언행이 진중하지 못하고 가볍다는 느낌을 받았다.

하지만 미리 예단하지는 않았다.

옥문경의 신분은 개방의 후개.

그리고 후개라는 자리에 올라 있다는 것은 차기 용두방주로 내정이 되었다는 것과 일맥상통했다.

앞으로 무려 십만이나 되는 개방의 방도들을 이끌어 나갈 후개인만큼 겉으로 보이는 것이 전부가 아닐 터였다.

분명히 뛰어난 면이 있을 것이었다.

"소문대로 젊군요, 더구나 잘나기까지 했고."

"얼굴이 이리되고 나서 잘났다는 말을 들을 줄은 몰랐소."

"얼굴 얘기가 아니라는 것은 알고 있지 않소? 무공이면 무공, 명성이면 명성, 그만하면 잘나지 않았소? 뭐, 그건 그렇고, 이런 식으로 만나지 않았다면 우린 좋은 친구가 될 수도 있었을 것을 아쉽구려."

"지금도 나쁘진 않은 것 같소만."

"쩝, 마음에도 없는 말을 하기는."

"……?"

"우린 아직 젊으니까 뱃속에 능구렁이 몇 마리씩은 감추고 있는 늙은이들처럼 마음에도 없는 말은 하지 맙시다."

진가흔의 말이 끝나기가 무섭게 옥문경이 마뜩찮은 표정을 지었다.

"우선 내 사과부터 받으시오."

그리고 머리를 긁적이고 있던 옥문경은 누가 말릴 새도 없이 진가흔에게 깊숙이 고개를 숙였다.

"이건 무슨 뜻이오?"

"차기 개방을 이끌어갈 후개로서 개방을 대신해서 드리는 사과요."

"개방을 대신한 사과라……."

진가흔이 의외라는 듯 바라볼 때, 얼굴이 벌겋게 상기된 육비능이 옥문경을 향해 소리를 질렀다.

"지금 무슨 소리를 하는 거냐?"

"왜요? 제가 해서는 안 될 말이라도 하고 있는 겁니까?"

"네가 무엇이라고 개방을 대신해서 사과하는 것이냐?"

"개방의 후개지요. 후개라는 위치라면 이 정도 말을 할 자격이 있는 것 같은데요. 안 그렇습니까?"

"그건……."

"그새 개방의 후개 자리를 박탈당하지는 않았잖아요."

"그야 그렇지만……."

말문이 막힌 육비능이 더듬거리는 사이, 옥문경이 다시 진가흔에게 고개를 돌린 채로 말했다.

"우리 육 장로님께서는 고집이 세서 죽어도 남한테 고개를 숙이는 성격이 아니니 사과를 했을 리가 없을 것이고, 그것은 가식적인 웃음을 짓기로 소문난 홍 장로님도 마찬가지일 터. 늙은이들이 고집이 세서 그런 것이니 이해하시오."

"후후."

"이거 보이죠?"

진가흔이 웃고 있는 사이, 옥문경이 화살에 맞아 생긴 상처들을 드러냈다.

"이렇게 온몸을 바쳐서 일하는데 설마 방주 자리 안 주겠소? 약속하겠소. 그때가 되면 우리 개방도 바뀔 것이오."

옥문경이 두 눈을 빛내며 말했다.

그리고 매섭게 노려보고 있는 육비능을 힐끗 살핀 후 피식 웃은 뒤 목소리를 낮추어 덧붙였다.

"내 약속하리라. 그때가 되면 육 장로님과 홍 장로님을 장로 직에서 박탈하리라. 이쯤이면 그만 응어리진 마음을 푸는 게 어떻겠소?"

능글맞은 웃음을 지은 채로 옥문경이 던지는 말을 듣고서 진가흔이 참지 못하고 빙그레 웃었다.

"개방에 대한 응어리가 풀리지 않았다는 것은 어찌 알아챘소?"

"그야 간단한 것 아니겠소."

"간단하다?"

"나라도 그랬을 테니까."

옥문경은 여전히 웃고 있었다.

하지만 진가흔을 바라보고 있는 그의 두 눈은 웃고 있지 않았다.

"원한이 깊은 것은 알고 있소. 그리고 이 한마디 사과로 모든 은원을 잊어달라 한 것이 뻔뻔하다는 것도 잘 알고 있소. 하지만 아직 후개의 신분일 뿐이니 내가 할 수 있는 것은 이것뿐이오."

"그런데?"

"대신 약조하리라. 내가 방주가 된다면 개방이 달라질 것을."

"어떻게 달라지겠단 뜻이오?"

"적어도 지금처럼 후안무치(厚顏無恥)하지는 않을 것이오."

실실 웃으며 대답하는 옥문경을 바라보는 진가흔의 눈빛이 깊어졌다.

예상은 빗나가지 않았다.

옥문경이라는 사내는 얼핏 겉으로는 한없이 가벼운 듯 보이나 그 가운데 진중함이 묻어나고 있었다.

게다가 사람의 마음을 제대로 읽어내는 능력도 갖추고 있었다.

진가흔의 가슴속에 개방에 대한 응어리가 완전히 풀리지 않았다는 것을 단번에 눈치챈 것이 그 증거였다.

역시 개방의 후개라는 생각을 하면서도 진가흔은 내색하지 않고 무심한 표정으로 다시 말했다.

"좀 더 자세히 말해주시오."

"뭐, 못할 것도 없소. 당신에게 엉뚱한 누명을 씌웠으니 이것은 명백한 개방의 실수요. 하지만 그 실수에 대해서 어느 누구도 책임지는 사람이 없었소. 아니, 책임은커녕 사과하는 사람조차 없었소. 난 그것을 바꿀 생각이오. 가능하면 실수를 하지 않기 위해 노력할 것이고, 행여나 실수를 범했을 경우에는 그것이 개방의 실수라고 공표하고 그에 상응한 책임을 질 것이오."

"그 말에 책임을 질 수 있소?"

"별 영양가도 없는 개방의 후개 자리를 내 발로 박차고 나가지 않고 이 고생을 하면서까지 버티는 이유가 조금 전에 했던 말들 때문이오. 이건 정말 비밀인데… 난 지금의 개방이 마음에 들지 않소."

장난스럽게 한쪽 눈을 찡긋거리던 옥문경이 거짓말처럼 순시간에 진중한 표정을 지은 채 물었다.

"한꺼번에 모두 바꾸기는 어렵다 하더라도 소금씩이리도 바꿔 나갈 생각이오. 그러니 날 한번 믿어주겠소?"

그 말 속에 담긴 진의를 파악한 진가흔이 천천히 고개를 끄덕였다.

이자라면 믿을 수 있다는 생각이 들었다.

그리고 옥문경의 말은 틀리지 않았다.

모든 것을 한꺼번에 바꾸려고 하면 부작용이 생기는 것은 명약관화(明若觀火).

당연히 새로운 인물이 필요했고, 그에 덧붙여 시간도 필요한 법이다.

"한번 믿어보겠소. 날 실망시키지 마시오."

장고 끝에 진가흔이 대답한 말을 듣고 옥문경이 밝게 웃었다.

그러나 진가흔의 시선은 어느새 연화 노인에게로 옮겨져 있었다.

진가흔이 걸음을 옮겨 연화 노인의 앞으로 다가갔다.

"그럴 리가 없는데, 천주가 내게 그럴 리가 없는데."

여전히 정신을 차리지 못하고 계속해서 같은 말만 되풀이하고 있는 연화 노인을 진가흔이 물끄러미 바라보았다.

비참하기 그지없는 몰골.

하지만 동정심이 깃들지는 않았다.

이게 진가흔이 바란 것이었다.

자신의 전부라고 믿었던 것에 배신을 당하고 커다란 상실감과 충격을 이겨내지 못하는 모습이 그렇게 통쾌할 수가 없었다.

그러나 아직 끝이 아니었다.

스릉.

허리에 걸려 있던 검을 빼 들었다.

서늘한 예기가 뿜어져 나오고 있는 검신을 연화 노인의 목으로 가져갔다.

주르륵.

잘 벼려진 검극이 연화 노인의 목젖으로 파고들며 붉은 피가 검신을 타고 흘러내리기 시작했다.

그러나 입술을 꽉 깨문 채로 검신을 밀어 넣던 진가흔이 행동을 멈추었다.

생사의 기로에 서 있음에도 불구하고 연화 노인은 아무것도 느끼지 못하는 사람처럼 멍한 표정이었다.

이런 자를 죽여서 무엇 할까.

쫘악.

검을 검집으로 갈무리한 진가흔이 연화 노인의 뺨을 때렸다.

"일어나시오."

"그럴 리가 없는데."

쫘악.

"겨우 이 정도였소?"

"그럴 리가 없는데."

쫘악.

"고작 이 정도 충격도 이겨내지 못하고 무너질 만큼 약한 사람이 날 이리도 괴롭혔소? 아직 끝이 아니오. 당신이 그토록 충성을 바치던 흑천의 뿌리를 모조리 뽑아버리는 모습까지 두 눈을 똑똑히 뜨고 보시오."

진가흔이 무표정한 얼굴로 연화 노인의 뺨을 사정없이 때리며 소리쳤다.

그리고 그제야 비로소 연화 노인의 두 눈에 초점이 돌아왔다.

"웃기지 말거라. 내가 속해 있는 흑천이 고작 네깟 놈에게 당할 정도로 호락호락한 곳인 줄 아느냐?"

"뭔가 착각하고 있구려."

"……?"

"당신은 더 이상 흑천이란 단체에 속해 있지 않소. 당신이 그토록 위하던 흑천의 천주는 당신을 죽이지 못해서 안달이 나 있소."

"그것은……."

"그리고 정말 흑천을 무너뜨리는 것이 불가능하다고 생각하시오? 두고 보면 그 생각이 잘못된 것이었음을 알게 될 것이오."

"흥. 헛소리는 그만두어라."

"정말 헛소리라고 생각하시오? 당신이 그토록 믿던 천주가 당신을 배신했듯이, 당신이 대단하다고 철석같이 믿는 흑천이란 곳을 무너뜨리겠소.”

연화 노인은 당장에라도 달려들 듯이 신형을 부들부들 떨었다.

하지만 귀영마궁 월홍인에게 당한 상처가 워낙 깊어서인지 끝내 움직이지 못하고 노려보기만 했다.

그리고 진가흔은 그런 연화 노인의 앞에 앉아 눈높이를 맞춘 채 말했다.

“죽지 마시오.”

“……?”

“아직 당신은 죽어서는 안 되오.”

연화 노인이 입은 상처는 원체 깊었던 데다가 제때 치료를 하지 않아서인지 누런 고름이 흘러나오며 악취를 풍기고 있었다.

하지만 진가흔은 그 상처를 마주했음에도 눈도 꿈쩍하지 않고 단도를 꺼냈다.

그리고 서서히 곪아 들어가고 있는 살점들을 도려내고, 그 상처 위에 금창약을 꼼꼼하게 발랐다.

고통스러운 듯 인상을 찡그리면서도 이를 악문 채 끝내 신음을 흘리지 않는 연화 노인을 바라보며 진가흔이 희미하게 웃으며 덧붙였다.

“내가 흑천을 무너뜨리는 모습을 두 눈을 똑똑히 뜨고 봐야 하거든."

진가흔이 다탁을 사이에 두고 두 사내와 마주 앉은 채 흡족한 표정을 지었다.

현 강호에서 정보력으로 최고를 다투고 있는 두 단체인 개방과 하오문.

그 두 단체를 대표해서 앉아 있는 것은 후개인 옥문경과 전직 하오문 향주 분타주였던 황두호였다.

비록 직접 움직이지 않는다 하더라도 이 두 사람과 마주 앉아서 이야기를 나누는 것만으로도 현 강호의 정세를 파악하기에는 충분했다.

"감춰두었던 힘을 드러낸 흑천은 강하오."

"그렇게 서둘 것 없소. 지금이 아니면 쉽게 접할 수 없는 좋은 차이니 목이라도 축이고 얘기하시오."

서유림이 준비해 준 차는 백호은침.

단맛이 일체 배제된 담백한 백호은침은 귀하디귀한 차였다.

하지만 옥문경은 진가흔의 제안을 일언지하에 거절했다.

"거지가 차 맛을 어찌 알겠소? 미지근한 물이나 다름없는 것 같은데 이야기나 계속하도록 합시다."

옥문경의 급한 성격이 고스란히 드러난 거절이었고, 그런 그의 성격을 파악한 진가흔이 더는 권하지 않고 대화에 응했다.

"흑천이란 단체의 힘이 강하다는 것은 어느 정도 예상하고 있었지 않소?"

"물론 그렇소. 하지만 그 예상마저도 뛰어넘을 정도로 강하다는 것이 문제요. 흑천이 처음으로 그 힘을 드러낸 곳은 서문세가였소. 비록 중원오대세가에는 이름을 올리지 못했다고 하나 서문세가는 수백 년의 역사를 지닌 전통의 명문가. 그럼에도 불구하고 고작 반나절을 버티지 못하고 흑천에 의해서 멸문했소."

"반나절이라……."

"물론 워낙 갑작스레 벌어진 상황이라 서문세가의 전력이 최상은 아니었소. 실제로 서문세가의 주축 무력 집단 중 하나인 창운단이 가주의 명을 받고 임무를 수행하기 위해 자리를 비운 상태였으니까."

"창운단이 있었다면 결과가 달라졌을 것 같소?"

"그야 물론 아니오. 기껏해야 반 시진 정도 더 버티는 것이 전부였을 것이오."

"그럼 흑천이 입은 피해는?"

"아직 정확한 정보는 올라온 것이 없소. 하지만 대략 알려진 바로 흑천 무인의 수는 약 삼천여 명이고 거의 손실을 입지 않았다고 하오. 기껏해야 수십 명이 죽거나 다친 것으로 짐작하고 있소."

"흐음."

진가흔이 답답한 표정으로 한숨을 내쉬었다.

서문세가를 고작 반나절 만에 멸문시키는 과정에서 흑천이 입은 피해는 일백도 안 되는 무인들이 죽거나 다친 것이 전부였다.

이건 흑천을 구성하고 있는 무인 개개인이 그만큼 강하다고밖에 설명할 수 없었다.

또한 앞장서서 싸웠을 고수들의 무위가 엄청나다는 뜻도 되었고.

"흑천이 다음으로 움직인 곳은 구대문파 중 한곳인 종남파였소. 그리고 서문세가보다는 조금 더 오래 버텼지만 종남파 역시 하루를 버티지 못하고 멸문을 당했소."

"피해는?"

"대략 추정하기로는 삼백 정도의 무인이 죽었다고 알려졌소."

"삼백이라……. 적군."

다른 곳도 아니고 구대문파 중 한곳인 종남파이다.

그런 종남파와 전면전을 벌이고도 사상자가 불과 삼백밖에 되지 않는다는 것은 충격적인 결과라 해도 과언이 아니었다.

"아직 정확한 경로는 파악할 수 없지만 그들의 움직이는 동선을 통해 추측해 보면 다음 목표는 소림사인 듯하오. 그리고 만약 소림사까지 무너진다면 다음 목표는 화산이 될 것으로 보이오.”

“소림사가 버틸 수 있을 것으로 보이오?”

“흑천이란 단체가 지닌 힘과 기세가 심상치 않음을 알아채고 나서 소림사의 움직임도 바빠지고 있소. 중원 전역에 퍼져 있는 속가제자들에게 연락을 취해 도움을 청하고 있고, 거의 은거하다시피 했던 전대 고수들인 소림삼성승도 소림사가 처한 위기를 좌시하지 않고 나선다는 소문이 있소.”

옥문경의 설명은 전혀 막힘이 없었고 조리도 있었다.

하지만 진가흔의 표정은 마뜩찮았다.

“내가 알고 싶은 것은 소림사의 움직임이 아니라 후개가 내린 판단이오.”

“나는… 소림사가 버티지 못할 것이라 생각하고 있소. 그리고 이미 알고 있겠지만 중원 무학의 자존심이라 불리는 소림사가 무너진다면 그 파급 효과는 엄청날 것이오. 흑천의 사기가 충천하는 것은 물론이고, 중원의 무인들은 흑천에 대해 은연중에 두려움을 느끼게 될 테니까.”

옥문경의 지적은 예리했다.

어쩌면 흑천이 다음 목표로 소림사를 선택한 이유 역시 이 사실을 정확히 꿰뚫고 있기 때문일 터였다.

그리고 진가흔은 옥문경과 생각이 같았다.

흑천이 소림사를 치기로 마음을 먹었다는 것은 이미 소림사를 무너뜨릴 자신이 서 있기 때문일 터였다.

"소림사를 도울 생각이오?"

생각에 잠겨 있던 진가흔은 옥문경의 질문을 듣고서 고개를 흔들었다.

그리고 옥문경은 이미 짐작하고 있었다는 듯 씁쓸한 웃음을 머금었다.

"소림사에 대한 원한이 아직 남아 있구려."

"솔직히 없다고 하면 거짓말이오."

"그렇겠지."

"하지만 꼭 그 이유만은 아니오. 일단 시간이 너무 촉박하오. 지금 소림을 돕겠다고 나서봐야 내가 할 수 있는 것은 아무것도 없소."

"그럼?"

"난 소림사가 무너진 다음을 생각하고 있소."

진가흔이 의미심장한 표정으로 한마디를 던지고 난 후, 황두호에게로 시선을 던졌다.

"내가 맡긴 일은 진척 상황이 좀 있느냐?"

"형님도, 제가 누굽니까? 이 근방에서 큰소리 좀 친다고 알려진 무인들의 명단은 이미 다 추려두었습니다."

벌써 며칠째 잠을 자지 못해서 피곤한 기색이 역력했지만, 황두호의 목소리는 활기가 넘쳤다.

"모두 몇 명이나 되느냐?"

“한 천 명 정도 됩니다.”

“천 명이라…….”

“하오문도들을 풀어서 이미 슬쩍 운을 떼보았습니다. 영약에 관심이 없는 자들이 약 삼 할 정도, 나머지 칠 할은 아직 영약 냄새도 맡지 못했는데도 불구하고 벌써부터 몸이 달았다고 하더군요.”

“그래?”

“최대한 끌어모은다면 칠백 명 정도는 가능할 것 같습니다.”

황두호의 장담을 들으며 진가흔이 고개를 끄덕였다.

준비할 시간이 얼마 없었다는 것을 감안한다면 무인들을 칠백 명이나 끌어모은 것은 대단한 성과라 할 수 있었다.

물론 이것은 서유림이 엄청난 돈을 뿌려 전국 각지에서 수집한 영약이 있기에 가능한 일이었다.

다시 한 번 황금의 힘이 대단하다는 생각을 하며, 진가흔이 무인들을 포섭하는 역할을 맡아 진두지휘하고 있는 황두호에게 좀 더 자세한 사항에 대해서 질문했다.

“무공 수위에 따라 분류하면 어느 정도냐?”

“그게 큰 기대는 하지 않으시는 편이 좋습니다. 죄송한 말씀이지만 제대로 된 무인은 일백 명도 되지 않습니다.”

“적군.”

“아직 포기하기는 이릅니다. 자신의 실력을 감추고 은거한

고수들의 은신처를 찾아내기 위해서 하오문도들이 전력을 다
해 움직이고 있으니까요.”

첫술에 배가 부를 수는 없는 법.

시간이 좀 더 필요하다는 사실을 알고 있는 진가흔이 다른
질문을 던졌다.

“개인적으로 부탁했던 것에 대해서는 알아보았느냐?

“연자경이란 자, 대단하던데요.”

그리고 황두호는 조금도 지체하지 않고 과장된 표정을 지
으며 대답했다.

“스물하나에 대과에 장원으로 급제해서 관으로 진출했고,
장원으로 급제한 사람답게 요직을 두루 거치며 놀라운 속도
로 진급해 종오품 직위까지 올랐었는데 육 개월 전 돌연 모든
직위를 벗어던지고 낙향을 했더군요.”

“낙향을 했다고?”

“그렇습니다. 뭐, 지루하고 답답한 관직 생활에 염증이라
도 생겼나 보지요. 하긴 보이지 않는 곳에서 암투가 치열하게
진행되는 관직에 굳이 미련을 두지 않아도 될 정도로 배경이
대단하던데요. 이름난 유학자인 연지현 학사의 자제이니까.”

황두호가 부러운 기색이 역력하게 묻어 있는 목소리로 말
했지만, 진가흔은 이미 깊이 생각에 잠겨서 그 이야기를 듣지
않고 있었다.

“낙향이라…….”

미안한 표정을 짓고 있던 연자경의 얼굴과 쓸쓸하게 돌아
서던 뒷모습이 겹쳐졌다.

어쩌면 그날의 사건이 그런 결심을 굳히게 만든 원인일 것
이라 생각하니 미안한 감정이 깃들 때였다.

"그런데 한 달 전 다시 관직으로 돌아갔습니다."

"그래?"

"들리는 소문으로는 황상의 명을 받았다고 합니다. 하지만
제가 알아본 바로는 아버지인 연지현 학사의 입김이 작용했
다더군요."

"좀 더 자세히 말해보거라."

"뭐, 강호의 일이 아니라 제가 알아낼 수 있는 것에는 한계
가 있었습니다. 이런저런 방법을 동원해서 알아본 바로는 연
자경이란 자가 관직을 버리고 낙향을 하자 연지현 학사가 노
발대발하며 화를 냈다고 했습니다. 그리고 관부에 남아 있던
끈을 이용해서 다시 관직으로 돌려보낸 듯합니다."

완벽하게 알아내지 못한 것이 속상한 듯 이야기를 마친 황
두호가 머쓱한 표정으로 반질반질한 머리를 긁적였다.

그리고 그 모습이 왠지 정감이 가서 진가흔이 희미한 웃음
을 머금을 때였다.

"진 형, 잠깐 나와보시오."

"무슨 일이오?"

"누가 진 형을 찾아왔소."

　문밖에서 들려온 석대운의 말을 듣고서 진가흔이 표정을 굳혔다.

　어지간한 일에는 긴장하는 기색조차도 찾아볼 수 없는 석대운이건만, 지금 들려오는 목소리는 심각한데다가 살짝 떨리기까지 했다.

　"누가 찾아왔습니까?"

　자리에서 일어난 진가흔이 문을 열자, 예상대로 심각한 표정을 짓고 있는 석대운의 모습이 보였다.

　"어떤 노인네가 막 찾아왔는데 진짜인지는 확실하지 않지만… 자기 이름이 혈무군이라는데요?"

　"혈무군이라면?"

　진가흔이 기억을 더듬는 사이, 석대운이 먼저 덧붙였다.

　"별호가 패천신마라는데 정신 나간 노인 같지는 않소."

　피처럼 붉은 적의.

　툭 건드리기만 해도 뼈마디가 부러져 버릴 것처럼 바싹 마른 노인이었지만, 그가 서 있는 근처로 어느 누구도 다가서지 못했다.

　산보라도 나온 것처럼 느긋하게 뒷짐을 진 채 마당 가운데 우두커니 서 있던 노인은 진가흔이 등장하는 것을 확인하고서야 뒷짐을 풀었다.

　"네놈이 진가흔이라는 애송이로구나."

“패천신마 혈무군, 맞소?”

“그래, 내가 바로 패천신마다.”

석대운의 짐작은 틀리지 않았다.

남의 별호를 도용한 정신이 나간 노인은 아니었다.

은연중에 뿜어지고 있는 압도적인 위압감만으로도 지금 눈앞의 노인이 패천신마라는 별호의 진짜 주인임을 알 수 있었다.

“날 찾아왔다 들었는데 이유가 무엇이오?”

“조금 궁금하더구나.”

“궁금하다니 뭐가 궁금하단 뜻이오?”

“천주가 네놈에게 무척이나 신경을 쓰고 있기에 대체 어떤 놈인지 한번 직접 보고 싶었거든.”

날카롭기 그지없는 시선으로 진가흔을 살피고 있던 혈무군의 두 눈으로 이채가 스치고 지나갔다. 그러나 그 강렬한 빛은 워낙 순식간에 사라져 버려 아무도 알아채지 못했다.

“그건 핑계일 뿐이구려.”

“핑계?”

그리고 진가흔이 희미한 웃음을 머금은 채 던진 말을 듣고서 혈무군이 미간을 슬쩍 찌푸렸다.

그와 동시에 사방으로 퍼져 나오는 살기.

일순 중인들의 가슴을 답답하게 만들 정도로 강한 살기였지만 진가흔은 여전히 담담한 신색을 유지한 채로 대답했다.

"날 보기 위해 찾아온 것은 어디까지나 핑계에 불과하고 진짜 목적은 다른 곳에 있는 것이 아니오?"

"내가 여기를 찾아온 이유를 이미 알고 있다는 투로 말하는구나."

"흑천의 삼봉공인 연화 노인을 죽이기 위함이 아니오?"

진가흔의 대답이 정곡을 찌른 듯 혈무군이 뿜어내고 있던 살기는 한순간에 씻은 듯이 사라졌다.

"정확히 알고 있구나."

"짐작이 틀리지 않았을 뿐이오. 잠시만 기다려 보시오."

진가흔이 고개를 뒤로 돌려 황두호를 향해 눈짓했다.

그리고 그 눈짓에 담긴 의미를 파악한 황두호가 어디론가 사라졌다가 잠시 뒤 연화 노인과 함께 돌아왔다.

황두호의 부축을 받으며 간신히 걸어나오던 연화 노인이 혈무군을 확인하고서 움찔하고 멈춰 섰다.

오 장의 공간을 격하고 연화 노인과 혈무군의 시선이 부딪쳤다.

"꼴이 말이 아니로군."

잠시 흐르고 있던 침묵을 먼저 깬 것은 혈무군이었다.

귀영마궁 월홍인이 날린 무영시에 입은 상처가 워낙 컸던 탓에 초췌한 몰골의 연화 노인을 확인한 혈무군의 입가로 잔잔한 웃음이 걸렸다.

그에 반해 연화 노인의 표정은 딱딱하게 굳어졌다.

"귀영마궁에 이어 패천신마라……. 후후."

"내가 온 것이 의외인가 보군."

"천주가 보냈소?"

"그럼 누가 보냈겠는가?"

"후후."

연화 노인이 자조 섞인 웃음을 흘려냈다.

그 모습이 무척이나 처량해 보여서 미간을 찌푸리고 있는 혈무군의 눈가로 잔주름이 잡혔다.

"내 인생을 포기하고 사람이라면 마땅히 해서는 안 될 짓까지 해가면서 평생을 천을 위해 몸 바쳐 충성한 것이 전부였소. 그런데 내가 뭘 그리 잘못했기에 천주는 날 죽이지 못해 안달하는 것이오?"

"자넨 실수를 했네."

"물론 실수를 했소. 하지만 단 한 번의 실수였소. 그것도 천을 위해 하던 중에 생긴 실수였을 뿐이오."

"자넨 그리 생각하지만 천주는 생각이 다른 듯하네."

"그렇구려."

"대충 짐작하고 있겠지만 이제 자네가 돌아올 곳은 없네. 이쯤에서 조용히 죽어주는 것이 어떤가?"

"죽이시오. 어차피 부상을 입어 반항할 수도 없으니."

꽤나 긴 대화가 끝나자마자 연화 노인은 두 눈을 감아버렸다.

그런 그를 바라보던 혈무군이 망설이지 않고 장력을 펼치기 위해서 두 손을 들어 올릴 때였다.

"멈추시오."

가만히 지켜보고 있던 진가흔이 연화 노인의 앞을 가로막은 채 허리에 걸려 있는 검을 빼 들었다.

인기척을 느낀 연화 노인이 감았던 눈을 뜬 후, 검을 든 채 앞을 가로막고 있는 진가흔을 확인하고서 두 눈을 크게 떴다.

"무슨… 짓이냐?"

그 행동에 담긴 의중을 파악하지 못한 연화 노인이 놀란 목소리로 물었지만, 진가흔은 빙그레 웃으며 대답했다.

"내 뜻대로 하는 일이니 상관하지 마시오."

"하지만… 너는 날 죽이려 하지 않았느냐?"

"아직은 아니오."

"……?"

"당신은 죗값을 덜 치렀소."

예상치 못한 대답이었던 듯 연화 노인이 헛숨을 들이켰지만, 진가흔은 더 이상 신경 쓰지 않았다.

그리고 자신을 배제한 채 이어지고 있는 대화가 못마땅한 탓인지 혈무군이 노호성을 터뜨렸다.

"날 막을 생각이냐?"

"그럴 생각이오."

"이유가 무엇이냐?"

“이미 들었겠지만 그는 아직 죽어서는 안 되오.”

“네가 대신 죽겠다는 뜻이냐?”

“아니오. 난 아직 죽을 생각이 없소. 나에게 누명을 씌운 자를 찾아가 이유를 묻고 그 대가를 치러주어야 하기 때문이오.”

혈무군이 아까와는 비교할 수 없을 정도로 강한 살기를 뿜어냈지만, 진가흔은 조금도 움츠러들지 않았다.

“애송이가 쥐꼬리만 한 명성을 얻더니 기고만장하기 그지없구나.”

“그리 생각하시오? 이미 썩은 내가 풀풀 나는 예전 명성에 취해서 정신을 못 차리고 있는 늙은이에게 죽을 생각은 없소.”

“후후, 정녕 정신을 못 차리는 놈이로구나. 어차피 네놈도 죽일 생각이었으니 순서가 좀 바뀐다고 해서 문제될 것은 없겠지.”

“누가 살아남게 될지는 두고 보면 알 것이오.”

한 치도 물러서지 않는 진가흔의 대꾸가 마뜩찮아서일까.

성격이 폭급하기로 소문난 혈무군은 더 이상 기다리지 않았다. 미간을 잔뜩 찌푸린 채 혈무군이 두 팔을 들어 올리는 순간, 진가흔도 주저하지 않고 검을 든 채 앞으로 걸어나왔다.

第三章
패천신마

暗帝血路 암제혈로

'강하다!'

굳이 손을 섞어보지 않아도 직감적으로 느낄 수 있었다.

마치 거대한 거미줄에 걸린 것처럼 옴짝달싹하지 못할 정도로 강하게 압박하며 다가오고 있는 무형의 살기.

팽팽하게 전해지는 긴장감.

그 압박감과 긴장감으로 인해 몸속의 피가 뜨겁게 들끓기 시작했다.

소림사 나한전주인 진명 대사나 매화신검 종구육 같은 강자들과 맞붙어본 적이 없는 것은 아니었지만, 전대 고수인 혈무군과 맞닥뜨린 지금 진가흔이 느끼는 감정은 또 달랐다.

　본격적인 대결은 시작하기도 전에 무력해지는 느낌이랄까.

　시간이 흐를수록 점점 더해지는 긴장감을 풀어내기 위해 크게 숨을 들이켠 진가흔이 현근기공을 끌어올렸다.

　의지를 일으키자 마치 살아 있는 생명체처럼 그 의지에 반응하는 현근기공의 진기들이 혈도를 타고 전신을 누비기 시작했다.

　'이자를 넘어야 한다!'

　직감적으로 그런 생각이 들었다.

　흑천의 천주인 위무성은 지금 마주하고 있는 혈무군보다 더 강할 것이라는.

　위무성에게 책임을 묻기 위해서는 적어도 혈무군 정도는 이길 수준이 되어야만 자격이 있다는 생각이 들었다.

　'기다린다고 해서 유리해질 것은 없다!'

　판단을 내리자마자 진가흔이 먼저 움직였다.

　샤사사삭.

　검신이 분열하듯 흩어지며 혈무군을 압박해 나가기 시작했다.

　어느새 여섯 갈래로 흩어진 검신은 혈무군의 퇴로를 점한 채로 떨어져 내리고 있었지만, 정작 그 공격의 가운데에 서 있는 혈무군은 태연했다.

　파바방.

검신이 지척으로 접근할 때까지 미동도 않고 바라보고 있던 혈무군이 가볍게 양손을 들어 흔들었다.

마치 어린아이가 장난치듯 대충 휘두른 듯 보이는 손짓임에도 불구하고, 그 손짓에 실린 위력은 가볍지 않았다.

금방이라도 혈무군의 전신을 난도질할 매서운 기세로 파고들던 검신들이 일제히 뒤로 튕겨져 나왔다.

하나 진가흔의 공격도 이제부터가 시작이었다.

이미 이런 반격을 예상하고 있었기에 부러질 듯 휘어졌던 검신의 반동을 이용해서 더욱 힘을 실었다.

그리고 혈무군의 머리를 노리고 재차 내려친 일검.

슈아악.

임기응변(臨機應變)의 묘가 실린 한 수를 살피던 혈무군이 두 눈을 빛내며 다시금 양손을 휘둘러 쇄도하던 검신을 가까스로 튕겨냈다.

우우웅.

혈무군의 손짓에 실린 힘은 아까와는 비교할 수 없을 만큼 강한 탓인지 부러질 듯 휘어졌던 검신이 찢어질 듯한 검명을 토해냈다.

"제법이다만… 아직 멀었다."

검신과 손짓이 충돌할 당시의 경력을 모두 해소하지 못하고 진가흔이 뒤로 두 걸음 물러나며 다시 검신을 세웠다.

그때 지금껏 움직이지 않던 혈무군이 한 걸음 앞으로 내디디며 손을 내밀었다.

피처럼 붉은색으로 변한 그의 두 손은 거기서 멈추지 않고 점점 팽창했다.

인간의 주먹이라고는 믿기지 않을 정도로 거대하게 변한 손.

그 붉은 손이 진가흔의 머리를 노리고 파고들었다.

쩌엉.

방어를 위해 검을 휘둘렀지만, 오히려 검이 튕겨져 나왔다.

그리고 진기가 실린 검과 부딪쳤음에도 불구하고 작은 흠 집조차 남지 않은 거대한 손은 더욱 빠르게 파고들고 있었다.

'혈수인?

마지막 순간, 고개를 뒤로 젖혀 간신히 피해냈지만, 붉은 손에 실린 경력의 여파는 여전히 남아 있었다.

모골이 송연해지고 등골이 오싹해지는 느낌.

더구나 아직 공격은 끝이 아니었다.

첫 공격이 무위로 돌아갔음을 눈치채자마자 더욱 집요하게 진가흔의 전신을 노리고 다가오고 있었다.

어디 언제까지 피할 수 있는지 두고 보겠다는 듯이.

매서운 공격을 펼치고 있는 혈무군의 입가에 떠올라 있는 오만한 미소를 확인하고서 진가흔이 신법을 펼쳐 피하는 와 중에 눈살을 찌푸렸다.

혈수인에 실린 경력이 시간이 흐를수록 점점 더 강해지는 탓인지 운신의 폭이 자꾸만 좁아지고 있었다.

'저 혈수를 멈춰야 해! 우선은 그게 급하다!'

생각이 일어나자 진기도 자연스레 일어났다.

의기상인의 경지.

연혼대법을 받은 후 생겨난 변화였지만, 진가흔은 자신이 의기상인의 경지에 올랐다는 것도 알지 못하고 있었다.

다만 진기의 수발이 이전에 비해 비교할 수 없을 정도로 자연스러워졌다는 것을 어렴풋이 느끼고 있는 것이 다였다.

그러나 제대로 깨닫고 있지 못할 뿐, 의기상인의 경지에 이른 후 진가흔의 무공은 이전과 비교해 한 단계 더 도약을 이루었다.

어렴풋이 알고 있던 후반부 오 초식을 펼치기 위한 진기의 흐름이 의기상인의 경지에 오른 후 눈에 그릴 수 있을 정도로 명확해졌다.

그 덕분에 제대로 배분되지 못하고 쓸데없는 방향으로 흘러가던 진기의 양이 사라지면서 온전한 위력이 전해지고 있었다.

콰광.

혈수와 검신이 부딪치고 요란한 폭발음이 터져 나온 후 진가흔은 세 걸음이나 뒤로 밀려났다.

그에 반해 혈무군은 고작 한 걸음을 뒤로 물러났을 뿐이다.

누가 봐도 진가흔이 손해를 봤다는 것을 명확히 알 수 있는 상황이었지만, 혈무군은 잔뜩 인상을 찌푸리고 있었다.

"네놈 따위가 감히 내 공격을 막아내?"

그런 그의 손에는 작은 상처가 남아 있었다.

상처가 남아 있는 자신의 오른손을 망연자실한 표정으로 바라보던 혈무군이 참지 못하고 노호성을 터뜨렸다.

바람도 불지 않는데 그가 입고 있는 장삼이 부풀어 오르며 태풍에 휘말린 것처럼 펄럭이기 시작했다.

그리고 차오르는 분노를 감추지 않은 채, 혈무군이 양팔을 풍차처럼 휘두르며 다시 공격을 시작했다.

"이럴 수가!"

개방의 장로라는 직책에 어울리지 않게 육비능은 멍하니 입을 벌린 채 탄성만을 토해내고 있었다.

그런 그를 힐끗 살핀 옥문경이 슬그머니 그의 곁으로 다가 갔다.

"강하지요?"

"그래, 강하구나. 정말 강해. 패천신마 혈무군이 왕년에 얻 었던 명성이 허명이 아니로구나. 내가 싸웠다면 고작 십 초도 버티지 못했을 것이다."

"저 늙은이가 강한 거야 당연한 거 아닙니까? 제가 말하고 있는 것은 혈무군과 상대하고 있는 진 소협입니다."

"그야……."

“왜 말을 하다 마십니까? 자존심이 상해서 인정하기 싫으신 겁니까?”

“아니다. 솔직히 말해서 감탄성이 절로 흘러나올 정도로 강해졌구나. 일신우일신(日新又日新)이란 말은 이럴 때 쓰라고 있는 거겠지. 매화신검 종구육과 싸웠을 때와 비교해 보아도 그새 또 달라졌구나.”

잠시 망설이고 있던 육비능이 결국 고개를 작게 끄덕이며 인정했다.

왠지 씁쓸하게 느껴지는 웃음을 짓고 있던 육비능이 뭐가 좋은지 싱글거리며 웃고 있는 옥문경을 확인하고 미간을 찌푸렸다.

“네놈은 무엇이 좋아 그리 웃고 있는 것이냐?”

“나쁠 것도 없지 않습니까?”

“명색이 개방의 후개라는 녀석이 비슷한 연배의 저놈이 저리 강한데 자존심도 상하지 않는 것이냐?”

“후개가 꼭 무공이 강해야 한다는 법은 없지 않습니까?”

“뭐야?”

“그리고 제가 무슨 수로 진 소협만큼 강해지겠습니까? 개방 내 최고수라 알려진 육 장로님보다도 훨씬 강한데.”

육비능이 언성을 높이려다 멋쩍은 표정으로 입을 다물었다.

지금 옥문경의 말이 틀린 말은 아니었기에.

그런 그를 향해 옥문경이 넌지시 물었다.

"생각만 해도 무섭지 않습니까?"

"뭐가 말이냐?"

"저런 진 소협과 개방은 척을 지려 하지 않았습니까?"

육비능이 이번에는 뜨끔한 표정을 지었다.

옥문경의 말대로 끝내 진가흔과 반목했다면 어떻게 되었을까를 생각하니 모골이 송연해지는 느낌이 들었다.

그리고 여전히 싱글거리고 있는 옥문경을 새삼스럽게 바라보았다.

"왜 그리 보십니까?"

"알고 있었더냐?"

"뭘요?"

"명색이 후개라는 놈이 개방의 위신을 바닥에 내팽개친 채 비굴한 모습을 보일 때만 해도 내 손으로 네놈의 머리통을 깨부수려고 했었다. 하지만 이제 와서 살펴보니 그게 꼭 잘못된 것은 아니었구나."

"처음 만난 순간 알았지요."

옥문경이 내심을 털어놓았다.

"무슨 수를 쓰더라도 감당할 수 없을 정도로 강한데다가 은원이 확실한 자라면 최소한 적이 되지는 말아야 한다고 판단했습니다."

"그래, 그렇구나."

육비능이 수긍하는 사이, 옥문경은 어느새 시선을 돌려 치열한 대결이 벌어지고 있는 곳을 살피고 있었다.

그런 그를 육비능이 대견하다는 시선으로 바라볼 때, 옥문경이 불현듯 떠오른 듯 한마디를 꺼냈다.

"그러고 보면 화산은 참 선견지명(先見之明)이 없네요. 진소협처럼 뛰어난 인재를 품에 안지 않고 내쳤으니 말이죠."

파바바방!

광기에 휩싸인 마인처럼 혈무군의 두 눈은 흰자위가 사라진 대신 새빨갛게 충혈되어 있었다.

그리고 그가 양손을 아무렇게나 휘저을 때마다 무시무시한 진기를 실은 격공장력이 쏘아져 나와 진가흔을 노리고 파고들었다.

진가흔이 용케 피해낼 때마다 그 장력은 흙바닥에 부딪쳐 들썩이게 만들고, 전각의 기둥까지 장난감처럼 부러뜨렸다.

"미꾸라지처럼 피해 다니기만 할 셈이냐?"

쉽게 장력을 허용하지 않고 간발의 차로 피하고 있는 진가흔으로 인해 잔뜩 화가 난 혈무군이 소리쳤다.

그리고 그 말이 끝나기가 무섭게 진가흔이 검을 곧추세웠다.

순식간에 장내에 퍼지기 시작하는 짙은 매화 향.

언제까지 피할 수는 없다는 판단을 내린 진가흔이 앞으로

내밀고 있는 검이 격렬하게 떨리며 검극으로 한 송이 매화를
피워냈다.

피처럼 붉은 매화.

"고작 화산의 무공 따위로 날 상대할 수 있을 듯싶으냐?"

하지만 혈무군은 진가흔이 피워낸 매화를 마주하고 있음
에도 전혀 당황하지 않았다.

오히려 코웃음을 치며 갓 피어난 매화를 꺾어버리기 위해
서 지체하지 않고 장력을 발출했다.

"가라!"

지금까지는 혈무군이 날린 장력을 피하기에 급급했던 진
가흔이었지만 이번만큼은 달랐다.

코앞으로 다가오고 있는 장력을 피하지 않고 검을 밀어 넣
었다.

콰앙!

엄청난 폭음이 터져 나왔다.

그 충돌 이후 혈무군이 날렸던 장력은 흔적도 없이 사라져
버렸다.

하지만 진가흔이 피워냈던 매화는 피처럼 붉었던 색이 옅
어져 있었지만, 여전히 형태를 유지한 채 혈무군을 향해 나아
가고 있었다.

그리고 그 매화가 한순간 사방으로 흩어졌다.

천변만화.

변의 끝을 보여주는 한 수.

혈무군이 다급한 표정을 감추지 못한 채 서둘러 보법을 펼쳤지만, 모두 피해낼 재간은 없었다.

폭발의 여파로 피어올랐던 자욱한 흙먼지가 가라앉고 난 후, 삼 장의 거리를 격한 채 서 있는 두 사람의 행색은 전혀 달랐다.

원래 혈무군이 입고 있었던 적의는 흔적도 찾기 힘들 정도로 사라져 버렸다.

대신 전신에 입은 상처에서 흘러나온 붉은 선혈이 원래 그가 입고 있던 적의의 역할을 대신하고 있었다.

"이런 말도 안 되는……."

"……."

"화산의 무공이 아니로구나."

안색이 창백하게 변한 채 서 있던 혈무군이 중얼거렸다.

하지만 진가흔은 그 말에 가타부타 대답하지 않고 자신의 손에 들린 검만을 내려다보고 있었다.

"하아! 하아!"

가쁜 숨이 새어 나왔다.

하지만 진가흔의 상태는 혈무군에 비한다면 아무 손해도 보지 않았다고 말해도 좋을 정도로 양호했다.

그리고 진가흔은 조금 전 새로운 경험을 했다.

연환식.

스승님께 전수받았던 육합검의 후반부 다섯 초식 중 네 가지 초식을 펼칠 수 있었던 진가흔이다.

하지만 엄밀히 말하면 그건 연환식이 아니었다.

마치 전혀 연관성이 없는 별개의 초식처럼 느껴졌었다.

그런데 이번은 달랐다.

혈무군이 날린 장력을 소멸시키기 위해 펼친 것은 섬수개화(閃手開花).

처음 의도했던 대로 섬수개화를 펼쳐서 다가오던 장력을 소멸시킬 수는 있었지만, 그게 전부였다.

혈무군에게 치명상을 남기기 위해서는 섬수개화에 이어지는 연환 공격을 펼쳐야 했고, 그 순간 떠오른 것이 천변만화였다.

섬수개화에서 천변만화로 이어지는 초식의 흐름.

그 흐름이 무척이나 자연스러웠다.

마치 자신의 의지로 연환식을 펼친 것이 아니라, 당연히 그다음 초식으로 넘어갔다고 하면 설명이 될까.

바르르.

그리고 아직 끝이 아니었다.

섬수개화에 이어서 천변만화를 펼쳤음에도 불구하고 진기가 실린 검은 여전히 떨리고 있었다.

후반부 오초식인 네 번째 초식인 무변진결로 이어나가지 않고 여기서 멈춘 것에 대한 아쉬움을 토로하듯이.

"누구의 무학이든 무슨 상관이오? 당신이 패했다는 것이
중요하지."

"그렇구나."

"다음은 흑천의 천주인 위무성의 차례요. 감히 날 건드린
대가를 그는 치러야만 할 것이오."

"후후, 그게 네 뜻대로 될까?"

"두고 보면 알 것이오, 비록 당신은 보지 못하겠지만."

아직도 떨리고 있던 검을 달래듯이 진가흔이 검을 들어 올
렸다.

그리고 아까부터 무변진결을 펼치지 않고 뭘 망설이느냐
고 소리치고 있는 듯한 검을 망설이지 않고 휘둘렀다.

"난 이해할 수가 없구나."

한때는 천하에 흉명을 자자하게 떨쳤던 전대 고수인 패천
신마 혈마군이 초라한 모습으로 죽어 있었다.

그 모습을 물끄러미 바라보던 연화 노인이 입을 뗐다.

"무엇을 말이오?"

"날 그냥 죽게 내버려 두지 그랬느냐."

생에 대한 의지를 잃어버렸기 때문인지 연화 노인의 목소
리에는 전혀 힘이 실려 있지 않았다.

"아까도 말했지 않소, 당신은 죗값을 덜 치렀다고."

"내가 어찌하기를 바라느냐?"

“특별히 바라는 것은 없소.”

“……?”

“지금처럼 그냥 지켜보시오. 당신이 전부라고 생각했던 흑천의 천주가 당신을 죽이기 위해 애를 쓰는 모습을 보며 분노하고, 또 당신의 전부였던 흑천이 내 손에 의해 무너지는 모습을 보며 안타까워하시오.”

진가흔은 거침없이 대답했다.

그리고 그 대답을 듣던 연화 노인이 미간을 찌푸렸다.

“너는… 너는 무척이나 잔인하구나.”

“지금 잔인하다고 했소? 당신이 한 짓을 생각해 보시오. 그러고도 내게 그런 말을 할 자신이 있소?”

“이쯤에서 날 죽여주면 안 되겠느냐?”

연화 노인의 목소리는 흡사 애원하는 사람마냥 절박했다.

그러나 진가흔은 조금도 흔들리지 않았다.

“불가하오.”

“너는 끝내…….”

“그리 죽고 싶으면 자결하시오.”

연화 노인이 다시 뭔가 말하려 했지만, 진가흔이 먼저 그 말을 잘라 버렸다.

그리고 그 말을 듣고서 연화 노인의 표정이 심각하게 변했다.

사실 자결이란 것이 어렵지는 않았다.

혀를 깨물기만 해도 죽을 수 있으니까.

그래서 혀를 깨물고 있던 이빨에 몇 번이나 힘을 주었지만 마지막 순간에 스르르 힘이 빠져나가 버렸다.

"왜? 자결할 용기는 없소?"

그 모습을 힐끗 살핀 진가흔이 비릿한 조소를 머금은 채 물었다.

그 태도가 거슬릴 만도 하건만 연화 노인은 화를 내는 기색도 없었다.

아니라고 부인하고 싶지만 사실이었기 때문이다.

그렇게 아무런 말 없이 서 있는 그의 눈동자가 격렬하게 흔들리기 시작할 때였다.

"아니면 자결하고 싶지 않아진 것이오?"

"……."

"차라리 솔직히 말하는 게 어떻소? 이렇게 죽고 싶지 않다고. 평생을 몸 바쳤던 흑천이란 단체에 당한 배신을 갚아주고 싶은 마음이 들지 않소?"

진가흔의 이야기는 여전히 거침이 없었다.

그리고 정곡이 찔린 듯 연화 노인이 순간 움찔했다.

"꼭 그런 마음을 가진 것은……."

"원한다면 기회를 주겠소."

"무슨 기회를 준단 말이냐?"

"가슴속에 깃든 채로 막 들끓기 시작한 지독한 배신감을 되돌려줄 기회를 주겠다는 뜻이오.”

연화 노인이 가타부타 대답하지 않고 숨을 죽이고 있는 사이 진가흔이 덧붙였다.

“그리고 그것이 죗값을 조금이라도 갚는 기회이기도 할 것이오.”

*   *   *

조금 크다 느껴지면서도 처지지 않은 풍만한 가슴.

한 점의 군살도 찾아볼 수 없는 잘록한 허리가 위아래로 움직일 때마다 격한 신음성이 새어 나왔다.

“하아, 하아.”

“후우, 후우.”

마치 합이라도 맞추듯이 교차되며 터져 나오는 신음성이 열기로 가득한 작은 방 안을 맴돌고 있었다.

그리고 결국 참지 못하고 홍무의 입에서 감탄성이 흘러나왔다.

“네년은 진정…….”

“호호, 그렇게 입을 놀릴 시간이 어딨습니까?”

“응?”

“어서요, 어서.”

사화의 재촉을 듣고서 두 얼굴이 벌겋게 상기된 채 아래에

깔려 있던 흡정악귀 홍무가 도중에 말을 멈추었다.

그리고 다시 하던 일에 집중하기 시작했다.

홍무와 사화의 입에서 흘러나오는 달뜬 신음성은 멈출 줄 모르고 시간이 흐를수록 점점 더 격렬해졌다.

그 격렬하던 움직임이 멈춘 것은 홍무와 사화가 거의 동시에 외마디 비명을 내지른 다음이었다.

"하아, 어떠셨습니까?"

"네년은 진정 요부로구나."

"좋으셨습니까?"

"그래, 네년과 함께 지낼 시간이 무척이나 지루할 것이라 여겼는데 전혀 지루하지가 않구나."

홍무가 만족스런 웃음을 터뜨리며 신형을 일으키려 했지만, 사화는 그의 위에 올라탄 채 어깨를 밀쳤다.

"왜 이러느냐?"

"벌써 끝낼 생각이십니까?"

"그게 무슨 소리냐?"

"소녀는 아직 만족하지 못했습니다."

"또 하잔 말이냐?"

홍무가 놀란 표정을 짓자, 사화는 요염한 표정으로 물었다.

"나이 때문에 어렵습니까?"

"그게 대체 무슨 소리냐? 나이라는 것은 숫자에 불과하다는 것을 내 오늘 보여주도록 하마."

잠시 머뭇거리던 홍무가 호기롭게 소리치자, 사화가 희미하게 웃으며 다시 그의 품속으로 파고들었다.

그런 그녀의 양손이 뱀처럼 은밀하게 홍무의 전신 곳곳을 누비자 축 늘어졌던 그의 양물이 다시 우뚝 섰다.

그러자 홍무가 다시 감탄성을 토해냈다.

“네년은 꼭 뱀 같구나.”

“사화라는 별호의 사 자가 꼭 죽을 사만 의미하는 것은 아닙니다.”

“허허, 그렇구나.”

“하아.”

사화의 입에서 다시 달뜬 신음성이 흘러나왔다.

그런 그녀의 몸짓은 시간이 흐를수록 점점 더 격렬해졌지만, 정작 그녀의 두 눈은 점점 더 차갑게 가라앉았다.

그리고 그녀의 양손이 뱀처럼 은밀하게 홍무의 전신을 누빌 때였다.

“하나만… 물어도 되겠느냐?”

“하아, 무엇입니까?”

“함께 지낸 지 반년이 지나도록 옷고름을 풀 생각조차 않던 네가 갑자기 이리 변한 이유가 무엇이더냐?”

“선물입니다.”

“선물?”

“호호, 죽기 전에 육보시나 하라고 드리는 선물이었습니다.”

홍무의 전신을 누비던 그녀의 왼손이 기해혈을 꾹 눌렀다.

"끄윽!"

그와 동시에 지금까지 환희에 찬 신음성을 터뜨리던 홍무의 입에서 고통스런 신음성이 흘러나왔다.

하지만 사화의 목소리는 얼음장처럼 차가웠다.

"사령이 죽었어요."

"사령?"

"진가흔 그놈을 감시하기 위해 따라붙었던 자죠."

"그 꼬맹이? 천에서는 아무런 연락도 오지 않았는데 그 꼬맹이가 죽었다는 걸 대체 어떻게 알았지?"

고통에 겨워 얼굴을 일그러뜨린 채로 홍무가 물었다.

그 질문을 듣자마자 사화의 두 눈에서 원독에 찬 눈빛이 흘러나왔다.

"천에서는 연락이 오지 않았죠. 하지만 어디에, 얼마나 떨어져 있든 알 수 있어요, 우린 쌍둥이니까."

"쌍둥이라고?"

전혀 예상치 못한 대답을 듣고서 홍무가 놀란 음성을 토해낼 때, 사화의 눈빛이 처연하게 변했다.

"그리고 제 남편이기도 했죠."

연거푸 흘러나온 충격적인 이야기를 듣고서 홍무가 미간을 곤추세웠다.

"쌍둥이가 부부지연을 맺어?"

"왜요? 그러면 안 되나요?"

"빌어먹을 더러운 연놈들. 그런데 네 남편이 죽은 것과 날 죽이려는 것에 무슨 관계가 있지?"

"남편이 죽었으니 복수를 해야 하거든요."

"……?"

"그런데 제 능력으로는 조금 부족해서 당신의 도움을 조금 받으려고 해요. 당신의 진기를 빼앗을 생각이거든요."

"지금 흡정을 하겠단 말이냐?"

"그래요. 더 궁금한 건 없죠?"

사화가 홍무의 위에 올라탄 채 화사한 웃음을 지으며 흡정마공 중 하나인 파단흡정술을 운용하기 시작했다.

"이런 개 같은!"

당혹스러움을 감추지 못하던 홍무의 표정이 점점 더 일그러지는 반면, 사화는 황홀한 표정을 지었다.

그리고 시간이 흐르며 두 눈을 감은 채 점차 무아지경으로 빠져들던 사화가 갑자기 눈을 부릅뜬 것은 반 각쯤 흐른 후였다.

"그르륵."

고운 입이 열리며 흘러나오는 신음성.

사화의 안색은 순식간에 창백하게 질렸다.

그리고 그것이 끝이 아니었다.

아직 이십대 초반처럼 고왔던 피부가 점차 탄력을 잃어가며 팔순 노인처럼 쭈글쭈글하게 변했다.

"이게… 무슨 개 같은…….."

"웃기지도 않는군. 내 별호가 뭔지 잊었나? 그런 내 앞에서 흡정을 하려고 하다니 미련하기 그지없군."

"……."

"멍청한 년. 얼음장처럼 차갑기 그지없던 년이 갑자기 눈웃음을 살살 치면서 유혹할 때 이미 네년의 속셈은 눈치채고 있었어."

"그럴… 수가! 크흑."

"역겨운 년!"

흡정은커녕 원래 가지고 있던 정기마저 모두 빼앗겨 버리고 전신이 쭈글쭈글하게 변한 채 죽어버린 사화를 밀쳐 내며 홍무가 신형을 벌떡 일으켰다.

"이건 또 뭐야?"

벗어놓은 옷가지를 걸치고 밖으로 나간 홍무의 눈에 생글생글 웃으며 서 있는 소년이 보였다.

"흡정악귀 홍무, 맞죠?"

"허, 아직 대가리에 피도 안 마른 어린 새끼가 감히 노부의 이름을 함부로 불러? 네놈은 누구냐?"

"내 이름은 단화영. 당신을 죽이기 위해서 멀리서 찾아온 사람이죠."

"뭣이라?"

　너무 기가 막혀서 웃음도 나오지 않는 듯 홍무가 가만히 바라보고만 있자 단화영이 경고했다.
　"조심하세요. 제가 검을 뽑으면 당신은 죽으니까요."
　"……."
　"제 검이 무척 빠르거든요."
　홍무를 향해 경고하며 단화영이 슬금슬금 움직여 쾌검을 펼치기에 가장 적당한 거리까지 다가온 뒤 검병으로 손을 가져갔다.

　홍무는 기분이 언짢았다.
　사화라는 년이 펼친 파단흡정술은 무서운 흡정술이었다.
　만약 대비하는 것이 조금만 늦었더라도 지금쯤 쭈글쭈글하게 변해서 죽어버린 것은 사화가 아니라 자신이었으리라.
　그 파단흡정술을 깨뜨리기 위해 소모한 진기의 양이 적지 않았다.
　적어도 하루 정도는 운기조식을 취해야만 할 정도로.
　그런데 엎친 데 덮친 격으로 단화영이라는 놈이 찾아왔다.
　아직 대가리에 피도 마르지 않은 것처럼 보이는 새파란 놈이 밝힌 이름은 홍무의 기억 속에 남아 있지 않았다.
　그래서 죽고 싶어 환장한 미친놈이라고 여기고 일장에 쳐 죽이려 했는데 그 마음을 바꾼 것은 놈의 자세를 보고서였다.
　'점창?

강호에서 수많은 경험을 쌓아온 홍무는 단화영이라는 놈이 발검을 준비하는 자세만 보고서 점창파의 무공임을 깨달았다.

그리고 어린 놈의 자세가 심상치 않았다.

어깨 너비보다 조금 넓게 벌린 다리.

엄지와 검지, 두 개의 손가락만으로 계란을 말아 쥐듯이 가볍게 움켜쥔 검병.

한 점의 흔들림도 없이 차분하게 가라앉은 두 눈까지.

이건 사일검을 펼치기 위한 준비 자세였다.

그리고 지금껏 점창의 검을 펼치던 수많은 무인을 보아왔지만, 지금 앞에 서 있는 놈만큼 완벽한 자세는 본 적이 없었다.

"네놈은… 두렵지 않으냐?"

"뭐가요?"

"노부의 앞에 서 있다는 사실이."

"흡정악귀가 흉명을 널리 떨치긴 했지만 무적은 아니잖아요. 전 자신이 있어요. 제 검은 빠르거든요."

아직 어리기 때문일까.

단화영에게서는 전혀 두려움이 느껴지지 않았다.

적당한 긴장과 약간의 흥분, 그리고 스스로의 무공에 대한 자신감까지.

지금 단화영이 보이고 있는 자세는 강한 상대와의 대결에

임하는 무인이 가질 수 있는 최상의 상태였다.

'우습게 볼 놈이 아니로구나.'

평소였다면 신경 쓰지 않았으리라.

아무리 점창의 사일검이 빠르다 하더라도 감히 자신을 어찌할 수는 없다는 자신감이 홍무에게는 있었다.

그러나 파단흡정공을 깨뜨리기 위해 진기의 소모가 극심했던 터라, 지금 홍무의 상태는 분명히 최상이 아니었다.

어리다고 얕보았다가는 당할지도 모른다는 불안감이 깃들며 홍무의 신경이 바싹 곤두서기 시작했다.

'사일검은 누구나 인정하는 쾌검. 그 쾌검이 무섭다고는 하나 일격필살의 수법인만큼 딱 한 번만 피해내면 되지.'

홍무의 두 눈이 검병에 닿아 있는 단화영의 오른손을 향해 틀어박혔다.

'시작인가?'

흡사 얼어붙은 석상처럼 미동도 하지 않던 단화영의 오른쪽 어깨가 슬쩍 흔들렸다.

'잠시도 놓쳐선 안 돼.'

사일검은 빨랐다.

한 번 펼쳐진 사일검을 눈으로 쫓는 것이 거의 불가능할 정도로.

그렇지만 아무런 예비 동작도 없이 사일검을 펼칠 수 있는 것은 아니었다.

그만한 쾌검을 펼치기 위해서는 진기가 움직이는 것은 물론이고 근육도 움직여야 했다.

그 동작이 최소한으로 줄어들어 쾌검을 펼칠 수 있다고 하나 그 예비 동작들을 완전히 배제할 수는 없는 노릇이었다.

다시 말해, 근육과 진기의 흐름을 놓치지 않는다면 눈으로 쫓지 못하는 사일검의 궤적을 감각으로 파악할 수 있다는 뜻이었다.

'지금!'

오른쪽 어깨에서 시작된 미세한 흔들림이 팔꿈치의 반동으로 이어졌다.

틱.

잔뜩 귀를 기울이지 않는다면 들리지도 않았을 작은 소리.

왼손의 엄지를 이용해 검집에서 검신을 슬쩍 밀어내는 소리가 천둥소리처럼 크게 귓가로 파고들었다.

검병을 움켜쥐고 있는 오른손 손등 위로 불거지는 힘줄.

그 힘줄이 지렁이처럼 꿈틀대며 움직이는 순간, 단화영이 앞으로 내밀고 있던 오른발을 앞으로 일 보 내디뎠다.

그와 동시에 발검이 이루어졌다.

쐐애액.

작렬하는 하얀 빛무리.

하지만 홍무의 눈에는 한 가닥 가느다란 선만이 보였다.

마치 환상처럼 다가오고 있는 그 가느다란 선을 바라보던 홍무가 재빨리 보법을 펼쳤다.

서걱.

왼쪽 어깨에서 전해지는 화끈한 통증.

절로 신음성이 터져 나올 정도로 극통이 밀려왔지만, 홍무
는 오히려 웃었다.

만약 눈으로 사일검의 궤적을 쫓으려 했다면 지금 왼쪽 어
깨를 가르고 지나간 흰 선은 이미 가슴을 반으로 갈랐으리라.

'좋구나!'

오랫동안 강호를 전전해 오며 수많은 실전 경험을 쌓아온
홍무로서도 처음으로 접하는 거의 완벽에 가까운 사일검이었
다.

그래서 자연스레 깃든 감탄에 이어진 것은 모골이 송연하
게 느껴지는 섬뜩함.

그다음으로 떠오른 것은 반격이었다.

이 한 번의 공격에 모든 것을 쏟아부은 탓일까.

홍무의 곁을 스치고 지나가 등을 돌리고 서 있는 단화영의
어깨는 경련을 일으키는 것처럼 흔들리고 있었다.

그리고 가쁜 숨을 몰아쉬며 힘겹게 신형을 돌리고 있는 단
화영을 향해 홍무가 지체하지 않고 장력을 날렸다.

퍼엉.

예상대로 조금 전의 공격에 모든 것을 쏟아붓고 지쳤기 때
문인지 단화영은 홍무가 펼친 장력을 피하지 못했다.

하지만 용케 보법을 펼쳐서 급소를 빗겨내 치명상을 입는 것은 피했다.

장력에 격중당하고 나서 비틀거리며 몇 걸음 뒤로 물러나던 단화영이 한 움큼의 선혈을 토해낸 뒤 다시 검을 곧추세웠다.

그러나 조금 전과는 달랐다.

완벽한 사일검의 자세와는 차이가 있었다.

간신히 검을 놓치지 않고 검병을 움켜쥔 채로 곧추세우고 있었지만, 순순히 당하지는 않겠다는 의지의 표출일 뿐이었다.

내상을 입은 듯 지면을 내딛고 있는 두 다리는 후들거리고 있었고, 차분하게 가라앉아 있던 두 눈도 흔들리며 동요를 드러내고 있었다.

"죽여주마!"

남은 것은 저놈의 앞으로 다가가 치명적인 일격을 날리는 것뿐이었다.

그제야 긴장이 풀렸다.

그리고 성큼성큼 걸음을 옮겨 다가간 홍무가 두 팔을 들어 올렸다.

슈아악.

마지막 발악이라도 하듯이 단화영이 검을 쳐올렸지만, 감히 사일검이라 불릴 자격도 없는 힘없는 검이었다.

왼쪽으로 일 보를 움직여 가볍게 그 검을 피해낸 홍무가 더 기다리지 않고 장력을 날리려던 찰나였다.

'뭐지?'

갑자기 불길한 느낌이 스치고 지나갔다.

마치 아주 중요한 것을 놓치고 있는 기분이랄까.

무시하고 장력을 날려서 저 어린놈을 죽여 버릴까 하다가 홍무는 팔을 늘어뜨리며 오히려 뒤로 한 걸음 물러났다.

문득 깃드는 불길한 예감은 대부분 틀린 적이 없었다.

그리고 지금까지 홍무가 거친 강호에서 살아남아 있는 이유는 그 불길한 예감이 들 때마다 무시하지 않았기 때문이다.

단화영에게 쏠려 있는 신경을 분산시키며 홍무가 급히 전신 감각을 끌어올렸다.

좌우상하.

샅샅이 뒤졌지만 끌어올린 감각에 걸리는 것이 없었다.

게다가 자신의 이목을 완벽하게 속이고 이렇게 가까운 거리까지 접근하는 것은 불가능하다는 자신감을 갖고 있기에 홍무가 굳어졌던 얼굴을 풀었다.

'기우였군.'

그제야 주춤거리며 뒤로 물러나고 있는 단화영을 향해 쇄도하던 홍무가 두 눈을 부릅떴다.

그리고 벼락이라도 맞은 사람마냥 갑자기 펄쩍 뛰어올랐다.

조금 전까지 단화영이 서 있던 위치의 땅거죽이 불쑥 솟아오르며 예리한 검신이 튀어 올랐다.

'살수?'

방비할 틈도 없이 파고드는 검신.

왼쪽 허벅지가 깊숙이 베인 채로 뛰어올랐다 다시 바닥에 내려선 홍무가 휘청거리며 상황을 살폈다.

'대체 어디로 갔을까?'

땅속에 숨어 있다가 기습을 가해서 허벅지에 깊은 검상을 남긴 비천한 살수 놈의 모습이 보이지 않았다.

대신 그의 앞으로 다가오고 있는 열 자루의 비도를 확인한 홍무가 양팔을 앞으로 내밀고 급히 내저었다.

두 팔에서 일어난 경력은 전신 요혈을 노리고 파고들던 비도들의 궤적을 바꾸어놓기에 충분했다.

비도들은 순식간에 방향을 잃고 힘없이 바닥으로 떨어지고 있었다.

그것을 확인하고 안도의 한숨을 내쉬던 홍무가 다시 눈을 부릅떴다.

'은사?'

자신이 만들어낸 경력에 휘말려 힘을 잃은 채 바닥으로 떨어지고 있던 비도들이 바닥에 닿기 전 거짓말처럼 다시 힘을 얻고서 파고들고 있었다.

그리고 홍무는 그제야 열 자루의 비도들에 연결되어 있는 투명하고 가느다란 은사를 확인했다.

'살수 놈이 조종하는 거야!'

어딘가에 숨어서 저 비도에 연결되어 있는 은사들을 이용해서 조종하고 있을 살수 놈을 제거해야 했다.

하지만 그럴 여유가 없었다.

잠시 방심한 틈을 놓치지 않고 어느새 코앞으로 다가와 있는 비도들을 막아내는 것조차 버거웠다.

'빌어먹을!'

보법을 펼치기 위해 급하게 한 걸음을 떼던 홍무의 얼굴이 다시 일그러졌다.

무리하게 진기를 끌어올려서인지 단전에서 찢어질 듯한 고통이 전해지고 있었다.

게다가 조금 전 살수 놈의 검에 당한 왼쪽 허벅지 어림에서 지독한 통증이 밀려오며 걸음을 떼는 것조차 쉽지 않았다.

보법을 펼치는 것을 포기하고 급한 대로 양팔을 휘저어 비도들을 쳐 내보았지만, 마치 살아 있는 생물처럼 휘어져 들어오는 비도들은 홍무가 만들어낸 경력의 틈을 비집고 파고들었다.

하지만 포기하기는 일렀다.

홍무에게는 최후의 수단인 호신강기가 있었다.

'호신강기라면 비도 따위는 가볍게 튕겨내리라!'

마지막 순간에 호신강기를 끌어올린 홍무의 입가로 희미

한 웃음이 떠올랐다.

예상은 틀리지 않았다.

기세 좋게 파고들던 비도들은 그가 끌어올린 호신강기를 뚫어내지 못 하고 그대로 튕겨져 나갔다.

그러나 그의 얼굴에 떠올라 있던 희미한 웃음은 금세 흔적도 없이 자취를 감춰 버렸다.

푹.

열 자루의 비도 중 아홉 자루는 호신강기를 뚫지 못하고 튕겨져 나갔지만, 마지막 한 자루의 비도는 달랐다.

마치 비웃듯이 호신강기를 유유히 뚫고 들어와 홍무의 심장에 틀어박혔다.

'예사 비도가… 아니다!'

뒤늦게 그 사실을 깨달았지만, 이미 그때는 늦은 후였다.

잔뜩 얼굴을 일그러뜨린 채 두 눈을 부릅뜨고 있는 홍무의 눈앞으로 비로소 정체조차 알 수 없던 살수 놈이 모습을 드러냈다.

"염천비지."

그리고 그 살수 놈이 설명하듯 꺼낸 단어를 듣고서 이를 악물고 있던 홍무가 납득한 표정을 지었다.

염천비(炎天匕)는 어떤 호신강기라도 뚫을 수 있다고 알려진 기병.

철벽이라 자부하고 있었던 호신강기를 가볍게 파훼하고

심장으로 파고든 것도 염천비라면 이해할 수 있었다.

게다가 일반 비도들 틈에 섞어서 염천비를 사용해서 자신의 방심을 유도한 기지도 칭찬해 줄 만했다.

"보통 살수 놈은… 아니겠군."

"……"

"자혼부인가?"

"귀수야."

염천비라는 기병을 만든 것은 협아옹.

그리고 협아옹이 자혼부에 몸을 담고 있었다는 사실을 알고 있는 홍무의 추측을 듣고서 귀수는 감추지 않고 정체를 밝혔다.

"귀수라……. 그놈보다 낫군."

생기가 서서히 빠져나가는 힘없는 목소리로 홍무가 꺼낸 말을 듣던 귀수는 사양하지 않고 고개를 끄덕였다.

"지금은 내가 자혼부 제일살수니까."

"……"

"아니, 자혼부의 유일한 생존자니까. 그리고 삭명살수는 더 이상 최고의 살수라고 불릴 자격이 없지."

"……"

"그는 최고의 무인으로 거듭났으니까."

친절하게 설명해 준 귀수가 여전히 무표정한 얼굴로 홍무의 앞으로 다가갔다.

그리고 주저하지 않고 그의 심장에 틀어박혀 있는 염천비를 움켜쥐고 더욱 깊숙이 밀어 넣었다.

"별것 아니군."
숨이 끊어진 흥무의 가슴에 틀어박혀 있던 염천비를 회수하면서 귀수가 무심한 목소리로 평가했다.
소매를 들어서 입가에 묻어 있는 붉은 선혈을 닦아내고 있던 단화영이 그 말을 듣고서 미간을 곧추세우며 따져 물었다.
"그럼 진즉에 나섰으면 더 좋았잖아요. 하마터면 죽을 뻔했네. 솔직히 말해봐요. 날 골탕 먹이려고 일부러 늦게 움직인 거죠?"
"아니다."
"그럼요?"
"난 살수다."
"……?"
"내가 아니라 삭명살수였다 하더라도 같은 순간을 노렸을 것이다. 그게 살수의 싸움 방식이니까."
귀수의 얼굴에 미안한 감정은 떠올라 있지 않았다.
마치 당연하다는 듯이 무심한 목소리로 대꾸했다.
그로 인해 마음이 상한 단화영이 다시 따져 물었다.
"좀 더 자세히 설명해 줘요, 납득할 수 있도록."
"내가 그래야 할 이유가 있나?"

"다른 건 몰라도 진 아저씨가 당신과 같은 순간을 노렸을 거라는 말은 이해할 수가 없네요. 내가 아는 진 아저씨는 내가 다칠 때까지 가만히 지켜보기만 하지는 않을 거거든요."

조금 언성을 높인 단화영을 힐끗 살핀 귀수가 귀찮은 기색을 감추지 않은 채로 천천히 대답했다.

"넌 미끼였다."

"미끼?"

"훌륭한 낚시꾼은 미끼를 잃는 것을 두려워하지 않는다."

"뭔 소리야?"

"만약 네가 일장을 얻어맞고 수세에 몰리지 않았다면 홍무가 긴장의 끈을 놓았을까? 절정의 경지에 이른 무인의 육감은 무섭다. 본능적인 직감으로 자신에게 닥친 위험을 알아채는 능력이 있지. 홍무도 마찬가지다. 긴장의 끈을 어느 정도 놓은 상황에서도 나의 존재에 대해서 의심한 것은 그런 본능이 있기 때문이었다. 그리고 나는 그 본능마저 속여 넘기기 위해 살수로서 그 순간을 택한 것이었다."

귀수의 설명은 더 이상의 질문이 필요하지 않을 정도로 명료했다.

그러나 단화영은 여전히 입을 삐죽이며 덧붙였다.

"그래도 진 아저씨는 당신과 달랐을 거예요."

그리고 그 덧붙인 말을 듣고 있던 귀수가 신형을 돌리며 말했다.

“어쩌면 그럴지도 모르지.”

“……?”

“원래 정이 많은 놈이었으니까. 그래서 자혼부를 떠났고, 이제 그놈은 더 이상 살수라 불릴 자격이 없다. 그놈은 이제 무인이다.”

신형을 돌린 귀수의 입가로 쓸쓸한 미소가 스치고 지나갔다.

“어디 가는 거예요?”

그리고 천천히 걸음을 옮기고 있는 등을 향해 단화영이 소리쳤지만, 귀수는 고개를 돌리지도 않고 대답했다.

“아직 마지막 살행이 남았다.”

第四章

소림사

第四章

소림사

暗帝血路 암제혈로

　　달마 조사가 숭산 오유봉 위에 있는 천연 석굴에서 면벽 수
련을 한 것이 계기가 되어 숭산에 터를 잡은 소림사.
　　달마 조사는 승려들이 참선의 육체적 고통을 이겨내고 용
맹 정진할 수 있도록 역근경과 세수경을 후대에 전수했다.
　　그리고 역근경과 세수경이라는 두 가지 무공이 천하무공
출소림이란 명성까지 얻게 만든 소림사의 시발점이었다.
　　그 후로 천 년이 넘는 역사를 자랑하는 동안 꾸준히 구파일
방의 기둥 역할을 해온 곳이 바로 소림.
　　부처를 믿고 섬기는 불제자들이 모인 곳인만큼 독경 소리
가 흘러나와야 함이 정상이건만 오늘의 소림사 전각 안에는

독경 소리가 뚝 끊겼다.

대신 적막만이 흐르고 있었다.

서문세가와 종남파가 이미 멸문한 상황.

흑천이 다음 목표로 노리고 있는 곳이 소림사일 거라는 예측은 어느새 기정사실로 바뀌어 있었다.

그래서 긴장감이 팽팽하게 감돌고 있는 소림사 내의 장문방장의 거처에는 세 명의 승려가 모여 대책을 논하고 있었다.

"대비는 잘 되어가고 있는가?"

당금의 소림사를 이끌어 나가고 있는 장문 방장인 유현 대사가 잔뜩 굳어진 표정으로 질문을 던졌다.

그 질문에 나한전주 진명 대사 역시 굳은 얼굴로 대답했다.

"경내에 있는 일천에 달하는 무승들은 모두 긴장을 늦추지 않고 있습니다. 그리고 속가제자들도 힘을 보태기 위해 몰려들고 있는 중입니다."

"제 시간에 도착할 수 있을까?"

"모두는… 어려울 거라 사료됩니다."

진명 대사가 망설이다 꺼낸 대답을 듣고서, 장문 방장의 미간이 찌푸려졌다.

"상황이 좋지 않군."

"비록 속가제자들이 제때 도착하지 못한다고 해서 크게 심려하실 것은 없다고 생각됩니다. 무승들의 대비 태세도 완벽에 가깝고 소림삼성승께서도 직접 나서주신다는 약속을 하셨으니까요."

장문 방장의 가슴속에 깃들어 있는 불안감을 확인한 진명 대사가 서둘러 덧붙였지만, 장문 방장의 찌푸린 얼굴은 펴지지 않았다.

"나는 그에 대해서 말하는 것이 아니네."

"그럼 무엇 때문에 그러시는 겁니까?"

"손에 쥔 정보가 턱없이 부족하네."

장문 방장이 심각한 표정으로 꺼낸 말을 듣고서 진명 대사의 안색도 덩달아 어두워졌다.

흑천이 서문세가와 부딪친 지 벌써 한 달이 넘게 흐른 상황이다.

이미 개방을 통해서 흑천의 전력에 대한 정확한 정보가 넘어와야 당연한 일인데 이번에는 극히 제한된 정보만 전해지고 있었다.

간혹 전해지고 있는 정보도 알맹이가 빠지거나 진위 여부조차도 확인되지 않은 것이 대부분이었다.

이게 의미하는 것이 무엇일까.

진명 대사가 한층 어두워진 안색으로 조심스레 물었다.

"개방의 용두방주에게 연락은 해보셨습니까?"

"폐관 수련 중이라 하더군."

그리고 돌아온 대답을 들은 진명 대사가 분통을 터뜨렸다.

"흑천의 무리가 발호한 지금 개방의 용두방주라는 자가 폐관 수련에 들어갔다는 것이 말이나 됩니까?"

"말이 안 되지."

"……?"

"개방은 의도적으로 정보를 차단한 걸로 보이네."

"다른 곳도 아닌 개방이 어찌 그럴 수 있습니까?"

"원망할 것 없네. 개방도 살 길을 찾는 것뿐이니까."

의외로 담담한 장문 방장의 대답을 듣던 진명 대사가 두 눈을 빛내며 그 이유를 물으려다가 생각을 고쳐먹었다.

정보만 놓고 따지자면 현 강호에 개방만 있는 것이 아니었다.

비록 신분이 비천한 놈들이 모인 곳이라 업신여기는 마음이 있기는 했지만, 하오문의 정보 수집 능력도 개방과 비교해서 손색이 없었다.

"개방이 그리 나온다면 차선책으로 하오문이 있지 않습니까?"

"하오문도 등을 돌렸네."

"그게 무슨 말씀이십니까? 현 하오문주를 맡고 있는 혁단명은 구파일방에 충성을 맹세한 대가로 그 자리에 오른 것이 아닙니까?"

"혁 문주는 이미 죽었다고 하네."

"네?"

"새로운 하오문주가 취임했다고 하더군. 누군지 궁금하지 않은가?”

“누굽니까?”

“백천유라는 자라더군.”

“백천유라면…….”

“하오문 낙양 분타주였던 젊은 친구지. 하지만 하오문주가 혁단명이 백천유로 바뀌는 과정에서 다른 자가 깊숙이 개입했다 하네.”

“누굽니까?”

“진가흔!”

진명 대사의 수염이 파르르 떨렸다.

지금 장문 방장의 입에서 흘러나온 이름이 너무 의외라 진명 대사는 잠시 정신이 멍해지기까지 했다.

“그자는 틀림없이 죽었는데…….”

“요 근래 명성을 떨치고 있는 회한독룡이란 별호의 주인이 진가흔이었네.”

“그럴 수가!”

진명 대사가 놀람을 감추지 못하고 혼잣말을 중얼거렸다.

그리고 그 모습을 지켜보던 장문 방장이 쓴웃음을 머금은 채 입을 뗐다.

“누구를 탓할까?”

“…….”

“모두 나의 잘못이네. 처음부터 내키지 않는 일은 하지 말았어야 했네."

"그게 어찌 장문 방장의 실수입니까? 무리한 부탁을 한 것은 그인데."

"옳지 않은 부탁이었다는 것을 알았다면 단호하게 거절해야 했네. 괜한 욕심을 부린 것이 결국 소림에게 화가 되어 돌아오는군."

자조 섞인 목소리로 장문 방장이 이야기를 꺼냈지만, 진명 대사는 그 내용이 귀에 제대로 들어오지도 않았다.

장문 방장의 명을 받아 억울한 누명을 쓴 진가흔이라는 자를 쫓던 중 삼양산에서 그와 마주쳤던 기억이 불현듯 떠올랐다.

운신조차 힘들 정도로 큰 상처를 입고 지쳐 있는 상황이었지만, 그는 경이적이라고 할 정도의 정신력을 보여줬다.

마지막 순간까지도 포기하지 않고 살아남기 위해 발버둥 치던 그의 모습은 아직도 기억 속에 또렷이 남아 있었다.

"난 끝까지 포기하지 않을 것이오."

그리고 원독에 찬 눈빛으로 쏘아보며 그가 했던 말이 귓가를 맴돌고 있었다.

'어쩌면 개방과 하오문이 소림사에 등을 돌린 것도 그의 입김이 작용한 것이 아닐까?'

　꼬리에 꼬리를 물고 이어지던 불안감을 떨쳐 내기 위해 진명 대사가 고개를 좌우로 힘껏 흔들 때였다.

　"서문세가는 고작 반나절, 종남파 역시 하루 만에 무너졌네. 흑천이란 단체의 힘은 나한전주의 생각처럼 가볍지 않네."

　"알고 있습니다만……."

　"하긴 현재로서는 다른 수가 있는 것도 아니지. 그들이 찾아온다면 소림사의 저력과 자비로운 부처님의 보살핌을 믿을 수밖에는."

　자그마한 목소리로 불호를 외던 장문 방장이 시선을 돌려 혜심전을 맡고 있는 진호 대사를 바라보며 물었다.

　"연락을 취해보았는가?"

　"회신이 돌아왔습니다."

　"무엇이라 하시던가?"

　"그것이……."

　"속히 말하게. 소림의 운명이 그 대답에 달려 있으니."

　진호 대사가 대답하기 어려운 듯 말꼬리를 흐리며 망설이자, 장문 방장은 어서 대답하라며 재촉했다.

　그리고 그 재촉을 받고서 어쩔 수 없음을 깨달은 진호 대사는 답답한 한숨을 내쉰 후 어렵게 입을 뗐다.

　"불가라는 답이 돌아왔습니다."

　"불가?"

"무림의 일은 무림에서 알아서 해결하라는 말이 적혀 있었습니다."

"그래, 그랬단 말이지."

화가 난 걸까.

실망한 기색이 역력한 표정을 짓고 있던 장문 방장은 이내 체념한 듯 가볍게 고개를 끄덕였다.

"하긴 어느 누구를 원망할까? 다 나의 허물에서 비롯된 일인 것을."

손에 들린 염주 알을 매만지던 장문 방장의 표정이 무겁게 굳어졌다.

*　　　*　　　*

"흡정악귀 홍무가 죽었습니다."

문사가 어두운 안색으로 꺼낸 말을 듣고서 위무성이 못마땅한 표정을 지었다.

"흡정악귀가 죽었다? 누구의 짓인가?"

"살수의 소행으로 사료됩니다."

"살수?"

그리고 돌아온 대답을 듣고서 고개를 갸웃했다.

비록 천하에 흉명을 자자하게 날리던 마두라고 하나, 흡정악귀는 그 명성대로 결코 약한 자가 아니었다.

　구파일방의 공적으로 몰린 그를 엄청난 희생을 치르면서까지 구해냈던 것도 그의 강한 무공 때문이었다.

　그런데 그런 홍무가 죽었다.

　그것도 고작 살수의 손에.

　"흡정악귀를 죽일 수 있는 살수가 현 강호에 있는가?"

　"전 강호를 통틀어도 둘밖에 없습니다."

　"그게 누군가?"

　"삭명살수와 귀수입니다."

　"삭명살수는 아니니 귀수겠군."

　진가흔의 행적에 대해서는 이미 면밀히 파악하고 있었다.

　서가상단에 들어선 후 진가흔은 전혀 움직이지 않고 있었으니 남은 것은 귀수뿐이었다.

　"고작 살수에게 당하다니… 역시 멍청한 늙은이였군."

　구파일방의 공적으로 몰린 그를 구하기 위해 들였던 노력과 희생이 떠올라 입맛이 썼지만 위무성은 이내 관심을 접었다.

　홍무가 죽은 것은 기정사실이었고, 위무성은 이미 벌어진 일에 미련을 가지는 자가 아니었다.

　"그리고 일봉공의 연락이 끊어졌습니다."

　하지만 이어진 문사의 이야기를 듣고 난 후에는 위무성도 침착함을 유지하지 못했다.

　"의외로군. 진가흔이라는 자가 일봉공을 이길 정도로 강했던가?"

"단신으로 찾아가셨다가 불의의 협공을 감당하지 못하신 듯합니다."

문사가 추측을 곁들여 대답했지만, 위무성은 고개를 흔들었다.

"일봉공이 단신으로 다니는 이유는 아무리 많은 수의 적이 달려든다 해도 감당할 수 있다는 자신감이 있기 때문이지. 또 그만한 실력이 있기도 하고."

"그 말씀은?"

"일봉공은 진가혼의 손에 죽었네."

단칼에 잘라 말한 위무성의 두 눈에 흥미가 깃들었다.

"어떤 자인지 궁금하군. 하긴 일봉공마저 죽은 마당이니 곧 만나게 되겠군. 우선은 눈앞에 닥친 일부터 해결하지."

혼잣말처럼 중얼거리던 위무성이 고개를 들어 숭산에 위치한 소림사를 바라보았다.

봉인을 해제한 후 서문세가와 종남파를 멸문시켰다.

서문세가와 종남파 역시 긴 역사를 자랑하는 명문세가였지만 소림사는 그 두 곳과는 차원이 다른 곳이었다.

소림이 강호 무림의 정신적 지주라는 이야기는 괜히 흘러나온 것이 아니었다.

그만큼 소림사의 이름은 컸고, 다시 말하자면 소림사를 무너뜨린다면 엄청난 파급 효과를 불러일으킨다는 말과도 일맥

상통했다.

"소림사의 상황은 어떠한가?"

미명이 터오기 전이어서일까.

새하얀 안개에 뒤덮인 소림사를 노려보던 위무성이 꺼낸 말을 듣고서 문사가 서둘러 대답했다.

"저희와의 대결을 직감했는지 향화객을 일체 받지 않고 객방에 머물고 있던 일반인들도 모두 하산시켰습니다. 현재 소림사 내에 상주하고 있는 인원은 약 일천여 명이지만 중원 전역에 분산되어 있는 속가제자들에게 연락을 취해 도움을 청했으니 시간이 흐르면 흐를수록 그 수는 늘어날 것으로 보입니다."

"서두르는 편이 좋겠군."

"그렇습니다. 그리고 소림삼성승이 은거를 깨고 이번 싸움에 힘을 보탤 것이라는 정보가 있었습니다."

소림삼성승(少林三聖僧)을 언급하는 문사의 표정에는 긴장한 기색이 역력했다.

하지만 위무성은 안절부절못하는 문사와 달리 느긋했다.

"뒷방을 지키는 늙은이들일 뿐이지."

"하지만……."

"장강의 뒷물결은 앞물결을 밀어내는 법이야. 진가흔이라는 자가 일봉공을 죽인 것만 봐도 알 수 있지 않은가? 예전에 얻은 명성에 안주하는 자들은 결코 큰 위험이 되지 못해. 당금 강호를 논하는 것은 현 시대를 살아가는 자들의 몫이지.”

문사의 말을 도중에 자르며 위무성은 단언했다.

그리고 소림을 향해 있던 시선을 거둔 위무성이 덧붙였다.

“오늘이 지나가기 전에 소림을 무너뜨리도록 하지.”

뎅. 뎅. 뎅.

요란한 타종 소리가 새벽의 적막에 휩싸여 있던 소림사의 경내를 깨웠다.

그리고 밤을 꼬박 새운 장문 방장은 소림사의 산문을 통해 유유히 걸어 들어오는 자들을 바라보았다.

마치 참배를 위해 소림의 산문을 들어서는 향화객들처럼 흑천의 무리는 서두르는 기색이 없었다.

그래서 하마터면 착각할 뻔했다.

정말 향화객들이 몰려든 것이 아닐까 하고.

하지만 그들이 평범한 향화객들이 아니라는 것은 허리에 걸려 있는 자신들의 병기를 풀어놓지 않고 산문을 지나쳤다는 것을 확인하고 알 수 있었다.

그리고 하나 더.

저들의 마음속에는 불심(佛心)이 아니라 살심(殺心)이 깃들어 있다는 것이다.

수를 셀 수 없을 정도로 많은 흑의인들이 산문을 통과하는 모습을 답답한 표정으로 바라보던 장문 방장이 선두에 선 사내와 시선을 마주했다.

칠 척에 이르는 장신.

외양으로는 아직 마흔 중반 정도로밖에 보이지 않는 사내는 걸치고 있는 흑의 장삼이 무척이나 잘 어울리는 자였다.

그저 천천히 걸어와 멈추어 선 것이 전부였지만, 압도적인 존재감을 드러내고 있는 사내를 바라보던 장문 방장이 질문했다.

"흑천의 천주시오?"

대답 대신 가볍게 고개를 끄덕인 위무성이 담담한 목소리로 물었다.

"두려운가?"

"천 년이 넘는 역사를 가진 소림은 단 한 번도 외부의 적의 침입을 두려워한 적이 없소."

"그래?"

"그리고 걸어오는 싸움을 피한 적도 없소. 부러질지언정 굽히지는 않은 것이 소림의 절개요."

장문 방장이 엄숙한 표정으로 대꾸했다.

그리고 그 말을 듣고서 위무성의 입가로 희미한 웃음이 떠올랐다.

"절개라……. 말은 번지르르하군."

"……?"

"당신이 선택한 그 절개가 소림사를 피바다로 만들겠군.

그나저나 곧 죽어도 주둥이는 살아 있어."

"말을… 삼가시오."

"하긴 무슨 말이 더 필요할까? 난 소림을 지우기 위해 찾아왔고, 땡중들은 그것을 막으면 되는 것인데."

스르릉.

위무성이 말을 마치자마자 검집에서 검을 빼냈다.

긴장한 기색이 역력한 표정으로 그 모습을 지켜보던 장문 방장이 다시 질문을 던졌다.

"흑천의 목적은 무엇이오?"

"목적?"

"강호를 흑천의 발아래에 두려는 것이오?"

"강호를 발아래에 둔다라……."

검을 바닥으로 늘어뜨린 채 장문 방장이 꺼낸 말을 읊조리듯 되뇌던 위무성이 한쪽 입꼬리를 말아 올렸다.

"재밌겠군."

"역시 그 목적이었소?"

"아니야."

예상을 빗나간 대답.

그래서 장문 방장이 의외라는 눈빛으로 바라볼 때, 위무성은 허공을 올려다보면서 덧붙였다.

"약간 흥미가 동하기는 하지만 강호를 발아래 두어서 무엇할까? 내가 움직인 이유는 하나뿐이야."

“그 이유가 무엇이오?”

“지루해서.”

허공을 응시하고 있는 위무성의 두 눈에 깃든 감정은 공허함이었다.

그리고 그가 흘려내고 있는 짤막한 대답을 듣고 난 후, 장문 방장의 두 눈에 노기가 떠올랐다.

서문세가와 종남파가 멸문하며 죽임을 당한 이들만 해도 천 명이 넘어갔다.

그런 엄청난 혈겁을 일으킨 이유가 고작 지루해서라는 이야기를 듣자마자 노기가 치미는 것을 참을 수 없었다.

“그게 무슨 말도 안 되는 이유요?”

“말이 안 될 것도 없지.”

“나무아미타불.”

장문 방장이 노한 마음을 달래기 위해서 불호를 외웠지만, 위무성은 신경 쓰지 않고 덧붙였다.

“난도 키워보고, 그림도 그려보고, 술도 마셔보고, 여색도 탐해봤지. 그런데 전혀 흥미를 느낄 수가 없었지.”

“……?”

“그제야 깨달았어. 난 힘을 가지고 있고, 그 힘을 사용할 때만 흥미를 느낀다는 사실을. 그리고 그 놀이터로는 강호만한 곳도 없지.”

“지금 놀이터라고 했소?”

“그래, 놀이터지.”

“궤변이오.”

“궤변? 땡중이 뭐라고 지껄여도 상관없어. 지금 중요한 것은 차갑게 식어버렸던 내 피가 끓고 있다는 사실이지.”

한쪽 입꼬리를 말아 올리고 있던 위무성이 검을 들어 자신의 손목에 상처를 냈다.

벌어진 손목의 상처를 통해 붉은 피가 흘러나오기 시작했다.

혀를 내밀어 그 붉은 피를 맛본 위무성이 만족스러운 표정을 지었다.

“피가… 끓는군!”

그런 위무성의 시선이 향한 곳은 더 이상 장문 방장이 아니었다.

소림삼성승.

가슴까지 내려오는 허연 수염을 기르고 있는 세 명의 노승을 향해 위무성이 도발적인 눈빛을 던졌다.

품(品) 자 형태로 자리를 잡고 서 있는 소림삼성승.

탈속의 기운을 풍기는 세 명의 노승 중 가운데에 자리 잡고 있던 증원 대사가 위무성을 착 가라앉은 눈빛으로 주시하며 말했다.

“위 시주는 혼자서 우리 셋을 감당할 생각이신가?”

“혼자서도 충분할 듯한데.”

검을 바닥으로 늘어뜨리고 서 있던 위무성이 싱긋 웃으며 대답했다.

자신감을 넘어 오만함까지 풍기는 위무성을 확인한 증원 대사가 담담한 신색을 유지하지 못하고 미간을 찌푸렸다.

“위 시주는 무척 오만하군. 그 오만함이 화가 되어 돌아갈 것일세.”

“과연 그럴까?”

“…….”

“어디 그럴 말을 할 자격이 있는지 두고 보지.”

위무성이 바닥으로 늘어뜨리고 있던 검을 들어 올렸다.

그 모습을 확인한 소림삼성승이 미간을 곧추세우며 진기를 일으켰다.

“위 시주의 오만함을 후회하게 만들어주겠네.”

“말이 많군. 뒷방에 곱게 처박혀서 숨어 있었다면 목숨은 부지할 수 있었을 것을.”

“갈!”

증원 대사가 화를 참지 못하고 일갈을 내지른 것을 시작으로 위무성과 소림삼성승의 대결이 펼쳐지기 시작했다.

펄럭.

증원 대사가 위무성에게 다가가며 승포 자락이 요란하게 펄럭이는 소리가 흘러나왔다.

넓은 승포 자락이 허공을 뒤덮으며 위무성의 시야를 방해했다.

쐐애액.

그리고 승포 자락이 시야를 가린 사이, 위무성의 머리를 노리고 증원 대사의 주름진 손이 떨어져 내렸다.

갑작스런 공격이었지만 위무성은 당황하는 기색 없이 재빨리 뒤로 물러나며 그 공격을 피해냈다.

"흥, 용조수로군!"

바람까지 낚아챈다는 포풍식(捕風式)이 무위로 돌아갔지만, 증원 대사는 포기하지 않고 위무성의 앞으로 바싹 따라붙었다.

파바방.

연달아 몰아붙이는 수공.

위무성의 오른손에 들려 있는 검을 휘두를 기회는커녕 숨돌릴 틈도 주지 않고 증원 대사가 몰아붙이기 시작했다.

순식간에 오가는 공방.

증원 대사가 거의 일방적으로 공세를 퍼붓고 있었고, 위무성은 그 공세를 막아내기에도 급급했다.

포풍식(捕風式)에 이어지는 착영식(捉影式).

위무성의 그림자조차도 놓치지 않을 기세로 바싹 따라붙으며 손가락을 구부린 채 공세를 펼치던 증원 대사가 눈을 부릅떴다.

빙글.

피하기는커녕 공격을 막아내는 것만도 버거워하던 위무성의 움직임이 순간 변했다.

착영식(捉影式)에서 무금식(撫琴式)으로 초식을 변환하며 만들어진 찰나의 허점을 놓치지 않고 위무성이 신형을 빙글 회전하며 검을 휘둘렀다.

슈아악.

엄청난 속도로 다가오는 검신을 확인하자마자 증원 대사가 불영선하보를 펼쳤다.

순식간에 신형이 불어난 듯한 착각을 만들어냈던 불영선하보가 멈추며 증원 대사가 가슴을 내려다보았다.

가슴까지 길게 길렀던 허연 수염은 반으로 싹둑 잘려져 있었고, 잘려 나간 승포 사이로 붉은 선혈이 내비치고 있었다.

단 일격에 불과했지만 그 일격은 무서웠다.

불영선하보를 펼쳤음에도 완전히 피해내지 못했을 정도로.

"이놈!"

증원 대사가 혈도를 점해 지혈을 하는 사이, 증현 대사가 일갈을 내지르며 달려나가 위무성을 상대하기 시작했다.

"차륜전(車輪戰)인가?"

위무성이 비꼬듯이 한마디를 던졌지만 소림삼성승은 아무런 변명도 꺼내지 못했다.

실제로 소림삼성승이 오늘 이곳에서 위무성을 상대하기 위해서 준비한 것이 차륜전이기 때문이었다.

"곤란하군!"

지혈을 마친 후 위무성과 증현 대사의 대결을 가라앉은 눈으로 바라보고 있던 증원 대사가 짤막한 한숨을 내쉬었다.

대성에 이른 용조수를 펼쳤음에도 손해를 입은 것은 자신이었다.

위무성의 무위는 그만큼 대단했다.

하지만 그게 전부가 아니었다.

착영식에서 무금식으로 초식을 전환하는 사이에 발생한 자그마한 허점을 위무성은 놓치지 않았다.

'우연?'

잠시 그런 생각이 깃들었지만, 증원 대사는 곧 고개를 흔들었다.

자신이 펼치는 용조수를 처음으로 접하면서 초식의 전환을 하는 순간에 발생하는 허점을 찾아내는 것이 가능할 리가 없었다.

'용조수를 이미 알고 있었다?'

그렇게밖에 생각할 수 없었다.

그리고 그 추측은 위무성과 증현 대사가 펼치고 있는 공방을 지켜보면서 서서히 확신으로 변했다.

파바바방.

중현 대사가 위무성을 상대로 사용하는 무공은 각법인 항마연환신퇴였다.

허공으로 신형을 띄운 채로 진기가 담긴 양발을 교차하며 일방적으로 퍼붓는 공격은 명불허전(名不虛傳)이었다.

하지만 위무성도 쉽게 당하지 않았다.

단 한차례 공격만 허용해도 치명상으로 이어질 정도로 중현 대사의 각법에는 위력이 실려 있었지만, 위무성은 모든 공격을 흘려내고 있었다.

그리고 서두르지도 않았다.

항마연환신퇴의 공세를 받아넘기는 데 급급하지 않고 차분하게 가라앉은 시선으로 기회를 노리고 있었다.

"이런!"

그 치열한 대결을 지켜보고 있던 증원 대사의 입에서 다급한 경호성이 터져 나왔다.

진기의 흐름이 순간 끊어져서일까.

허공에 떠오른 채 공격하고 있던 증원 대사가 마지막으로 각법을 펼친 후 바닥으로 착지했다.

그리고 허공으로 재차 도약하려 했지만, 위무성은 마치 이런 순간이 찾아올 것을 예견하고 있었다는 듯이 공세로 전환했다.

파앙.

쐐애액.

중현 대사의 발이 위무성의 왼쪽 어깨에 틀어박힌 순간, 위무성은 기다렸다는 듯이 일검을 휘둘렀다.

살을 내주고 뼈를 취하는 한 수.

"안 돼!"

"사제!"

증원 대사와 증오 대사가 거의 동시에 소리치며 달려갔지만, 이미 늦은 후였다.

위험이 다가온다는 것을 직감적으로 알아채고 재빨리 뒤로 물러났지만 위무성의 검은 이미 중현 대사의 가슴을 깊숙이 베고 지나간 후였다.

"쿨럭."

입가로 검게 죽은피를 게워내고 있는 중현 대사의 두 눈에서는 점차 생기가 사라져 가고 있었다.

전설상의 신의인 화타가 살아 돌아온다 해도 손을 쓸 수 없는 치명상임을 직감한 증원 대사가 떨리는 손으로 중현 대사의 손을 맞잡았다.

"저자는 항마연환신퇴를 이미… 알고 있었습니다."

"말을 삼가게."

힘겨운 표정으로 간신히 말을 이어나가고 있는 중현 대사를 침통한 표정으로 바라보며 증원 대사가 입을 뗐다.

하지만 중현 대사는 고개를 흔들며 고집스레 이야기를 이어나갔다.

“이미… 전 늦었습니다.”

“포기하지… 말게.”

“저자를 막지 못한다면… 어차피 소림은 멸문을 당합니다. 부처의 품에 귀의하는 것은 저 같은 늙은이면 충분하겠지요.”

“……”

“잘 부탁… 드립니다.”

그 말을 마친 증현 대사가 더 버티지 못하고 고개를 떨어뜨렸다.

비록 손아래 사제라 하나 긴 시간을 함께했기에 친우나 다름없는 증현 대사의 죽음 앞에서 증원 대사는 오열했다.

그리고 자신의 죽음이 임박한 마지막 순간까지도 사문인 소림에 대한 걱정만을 꺼내던 증현 대사의 부탁을 저버릴 수는 없었다.

“내가 할 수 있는 최선을… 다하겠네.”

꽉 움켜쥐고 있던 증현 대사의 손을 놓으며 증원 대사가 천천히 몸을 일으켰다.

증현 대사의 죽음을 직감해서일까.

위무성을 거칠게 몰아붙이고 있는 증오 대사의 움직임에서는 한 점의 자비도 찾아볼 수 없었다.

진기를 잔뜩 끌어올린 탓인지 승포 자락은 잔뜩 부풀어 올라 있었고, 항마십삼장은 잠시의 여유도 주지 않고 위무성을 압박했다.

퍼엉. 퍼엉.

두 팔을 들어 올려 방어를 하고 있는 위무성에게 연거푸 장력이 틀어박혔다.

지금까지의 상황으로 보면 거의 일방적이라 할 수 있을 정도의 우세.

하지만 쉬지 않고 공격을 퍼붓고 있는 증오 대사를 지켜보는 증원 대사의 표정은 밝지 않았다.

'위험해!'

일방적으로 수세에 몰린 상황임에도 불구하고 위무성은 당황하지 않았다.

그리고 흥분하지도 않았다.

착 가라앉은 채 빛나고 있는 두 눈.

허점을 드러내기를 기다리고 있는 그 두 눈은 마치 먹잇감을 찾은 후 노리고 있는 매의 눈과 흡사했다.

섬뜩할 정도로 무서운 눈빛.

그리고 불길한 예감은 빗나가지 않았다.

항마십삼장으로 승부를 결하지 못한다는 사실을 깨달은 증오 대사가 소림칠십이종절예 중 하나인 일지선을 펼쳤다.

샤삭.

두꺼운 철판을 가볍게 뚫어버릴 정도로 지풍에 실린 위력은 대단했지만, 파공성조차 흘러나오지 않을 정도로 은밀했다.

실제로 일지선을 펼치는 경우 상대는 자신이 무엇에 당했는지조차 알지 못하고 죽는 경우가 대부분이었다.

그러나 위무성은 달랐다.

은밀히 다가오고 있는 지풍의 존재를 완벽히 파악했다.

그리고 그 존재가 파악된 경우, 일지선은 더 이상 상대에게 무서운 위협이 되지 못하는 법이었다.

챙.

검을 휘둘러 다가오고 있던 지풍을 가벼이 받아낸 위무성은 오히려 증오 대사와의 거리를 좁혔다.

검세의 영역이 닿을 정도로 가까운 거리까지 다가온 위무성을 확인하고서 증오 대사의 눈빛이 흔들렸다.

일지선으로 승부를 보려 했던 것은 아니다.

그가 일지선을 펼친 이유는 백보신권을 펼치기 위한 시간을 벌기 위해서였다.

주먹 끝에 모인 채 꿈틀대고 있는 진기.

하지만 백보신권은 끝내 펼쳐 보지도 못했다.

슈각.

백보신권을 펼칠 시간조차도 주지 않고 위무성은 일검으로 증오 대사의 가슴을 베고 지나갔다.

"사… 제!"

승포를 붉게 물들인 채로 증오 대사가 바닥으로 허물어졌다.

　그리고 그 모습을 지켜보고 있던 증원 대사는 침통한 표정을 감추지 못했다.

　마음만 먹었다면 증오 대사의 죽음을 막을 수도 있었다.

　하지만 증원 대사가 끝내 움직이지 않은 이유는 증오 대사의 죽음을 통해서라도 확인하고 싶은 것이 있었기 때문이다.

　'이제 확실해졌군. 저자는 소림의 비전인 칠십이종절예에 대해서도 알고 있어.'

　조금 전 증오 대사가 펼친 일지선은 워낙에 은밀했기에 미리 알고 있지 않았다면 피하기가 어려운 무공이었다.

　그러나 위무성은 간단히 일지선을 파훼한 것으로 모자라 백보신권을 펼칠 틈도 주지 않고 증오 대사를 무너뜨렸다.

　'이미 알려진 소림의 무공으로는 어렵구나!'

　차가운 시체로 변해 버린 증오 대사를 내려다보던 증원 대사가 침음성을 터뜨리며 주변을 둘러보았다.

　흑천의 무리와 소림의 무승들이 펼치고 있는 치열한 대결.

　장문 방장과 나한전주인 진명이 맹활약을 펼친 덕분에 일방적으로 밀리는 형국은 아니었지만, 숫자에서 밀리는 소림의 열세인 것은 틀림없었다.

　그리고 거기에 더해서 소림삼성승 중 두 명이 위무성의 손에 죽었다는 사실이 소림의 무승들의 사기를 떨어뜨리고 있었다.

　'내가 무너지면 소림은 끝이다!'

증원 대사가 크게 숨을 들이켰다.

무거워진 양 어깨.

그러나 지금 어깨에 지워져 있는 짐은 피할 수 있는 것이 아니었다.

현 소림에서 배분이 가장 높은 자신이 힘들다 하더라도 도중에 내려놓지 않고 끝까지 짊어져야 했다.

"재미없군."

증현 대사와 증오 대사의 피로 붉게 물들어 있는 검신을 늘어뜨린 채 위무성이 꺼낸 말을 듣고서 노기가 치밀었다.

하지만 애써 노기를 억눌렀다.

생사가 걸린 대결에서 가장 위험한 것은 흥분이었다.

"피가 끓지 않아."

"……"

"차갑게 식어버린 내 피를 다시 끓게 만들어줄 수 있나?"

위무성이 시큰둥한 표정으로 이야기를 이어나갔지만, 증원 대사는 대답하는 대신 양팔을 들어 올렸다.

마치 하늘의 기운을 받아들이는 듯이 허공으로 두 팔을 들어 올린 채 서 있는 증원 대사를 힐끗 살핀 위무성이 코웃음을 쳤다.

"나한십팔수로군. 소림이 자랑하는 비전인 칠십이종절예도 아니고 고작 나한십팔수로 내 피를 끓게 할 수 있을까?"

"그야 두고 보면 알겠지!"

위무성의 도발에 말려들지 않고 증원 대사는 담담하게 대답했다.

그리고 선공을 펼친 것은 증원 대사였다.

양수경천.

하늘의 기운을 받아들이기 위해 허공으로 들어 올리고 있던 두 팔이 거의 동시에 위무성의 머리 위로 떨어져 내렸다.

겉으로 드러내지 않았던 분노.

그리고 평생을 함께해 왔던 사제들을 한순간에 잃은 상실감까지 담겨 있는 혼신의 힘을 다한 일격.

위무성이 뒤로 물러나며 간발의 차이로 빗나간 공격이 지진이라도 난 것처럼 땅거죽을 들썩이게 만들었다.

예상을 훨씬 뛰어넘는 위력에 놀란 듯 위무성이 눈을 부릅뜰 때, 증원 대사의 공격은 연거푸 이어졌다.

염화탁엽에 이은 선원적화.

지옥의 염화라 불러도 좋을 정도로 뜨거운 기운을 품은 장력이 위무성을 위협하면서 파고들었다.

그리고 그 공세는 시간이 흐를수록 점점 더 격렬해졌지만, 위무성은 무척이나 위태로운 듯 보이면서도 용케 그 공세를 빗겨내고 있었다.

퍼엉!

맹수 중의 맹수인 호랑이의 포효처럼 거센 공격.

잠시도 쉴 새 없이 이어지고 있던 증원 대사의 공격은 맹호

박식에 이르러 처음으로 위무성에게 제대로 된 타격을 주었다.

미처 피하지 못하고 옆구리에 일장을 얻어맞은 후 뒤로 물러나던 위무성이 미간을 곧추세웠다.

"슬슬 피가 끓는데."

붉은 혓바닥을 내밀어 바싹 마른 입술을 훑으며 위무성이 싸늘하게 웃었다.

그런 위무성의 두 눈은 섬뜩할 정도로 차갑게 가라앉아 있었지만, 증원 대사는 그 시선을 피하지 않았다.

"이제부터가 시작일세."

일부러 싸늘하게 일갈하며 다시 위무성을 향해 파고들었다.

'단 한순간의 허점도 드러내서는 안 된다!'

그런 증원 대사가 부서져라 이를 악물었다.

위무성이 소림의 무공에 대해서 꿰뚫고 있는 것은 확실한 상황.

그렇다면 방법은 하나였다.

어떤 허점도 드러나지 않도록 완벽한 나한십팔수를 펼쳐야 했다.

한층 거세진 공세.

근접 박투라 불러도 좋을 정도로 위무성의 곁에 바싹 달라붙은 채로 증원 대사는 나한십팔수의 마지막 초식인 한계독보를 펼쳤다.

그 마지막 초식에 담긴 위력을 간과하지 못하고 위무성이 미간을 찌푸렸다.

정(精), 기(氣), 신(身).

그 세 가지 조건이 완벽하게 조화를 이루며 만들어낸 공격.

자그마한 허점조차도 찾아볼 수 없는 완벽한 공격이었다.

파바방!

일 보의 후퇴.

그리고 일 보의 전진.

독보(獨步)란 명칭에 어울리게 거침없이 일 보를 내디디며 증원 대사가 정권을 내지르듯 오른 주먹을 내질렀다.

"내 피를 끓게 만들 정도로 좋은 공격. 하지만 이미 알고 있는 공격에 당할 리가 없지 않나?"

증원 대사의 정권은 위무성의 가슴에서 한 뼘가량 떨어진 곳에 멈추어 있었다.

그리고 그 공격을 무위로 돌린 위무성이 피식 웃으며 던진 말을 들었음에도 증원 대사는 실망하지 않았다.

이미 어느 정도 예상하고 있었던 결과.

증원 대사는 실망하는 대신 투지를 일으켰다.

"들끓는 피를 차갑게 식게 만들어주겠네."

위무성의 말이 옳았다.

아무리 완벽하게 나한십팔수를 펼친다 하더라도 이미 다 알고 있는 공격에 당할 리가 없었다.

그래서 준비한 비장의 한 수가 아직 남아 있었다.

원래 소림의 나한십팔수는 여기서 끝이었다.

하지만 여든 평생을 오직 무에 미쳐 살았던 증원 대사는 말년에 이르러 새로운 깨달음을 얻었다.

그리고 그 심득을 지금 펼칠 생각이었다.

증원 대사가 앞으로 내디뎠던 한 발을 슬쩍 뒤로 뺐다.

하지만 물러난 것은 아니었다.

이 보 전진을 위한 일 보의 후퇴였다.

단전 가득 꿈틀거리고 있는 진기.

그 진기가 항의하듯 아우성치고 있었다.

쿵. 쿵.

이 보의 진각과 함께 증원 대사가 말아 쥐고 있던 주먹을 펼쳤다.

그와 동시에 단전에서 아우성치던 진기를 일시에 풀어냈다.

증원 대사가 뿜어내는 기세가 심상치 않음을 느껴서일까.

위무성의 입가에 머물러 있던 웃음이 사라졌다.

본능적으로 위험을 느낀 위무성이 바닥으로 늘어뜨리고 있던 검을 들어 올려 급하게 휘둘렀다.

챙, 챙, 챙.

증원 대사의 손끝에서 뿜어져 나온 경력과 검신이 부딪치며 폭음이 연달아 터져 나왔다.

하지만 순식간에 뿜어져 나온 다섯 가닥의 지풍을 모두 막아내는 것은 불가능했다.

위무성이 휘두른 검신에 의해 소진되지 않은 두 가닥의 지풍이 파고들었다.

팟. 파밧.

"이게… 뭐지?"

"소림의 무공이지."

"소림의 무공이 아닌데?"

"어차피 역근과 세수에서 시작되고 갈라진 무공이니 소림의 무공이 아니라고 말할 수는 없지."

일시에 모든 공력을 쏟아부었기 때문일까.

안색이 창백하게 변한 증원 대사가 대답했다.

그리고 그 대답이 만족스러운 듯 위무성이 고개를 끄덕이며 가쁜 숨을 토해냈다.

옆구리와 어깨로 파고든 두 가닥 지풍으로 인해서 그가 걸친 흑의 장삼은 붉은 피로 젖어들고 있었다.

하지만 안타깝게도 치명상은 아니었다.

"소림의 저력은… 무섭군!"

지혈도 하지 않고 위무성이 순수하게 감탄을 표하는 것을 들었음에도 증원 대사의 표정은 밝아지지 않았다.

"결국 위 시주를 쓰러뜨리지는 못했지."

가진 바 모든 것을 쏟아부었음에도 불구하고 위무성을 쓰러뜨리는 것에는 실패했다.

위무성은 소림의 무공이 가진 약점만 파악하고 이곳에 온 것이 아니었다.

중원 대사가 말년에 얻은 심득을 통해 새로이 만든 무학마저 파훼할 정도로 본신의 무공이 강했다.

내장이 훤히 드러날 정도로 깊이 갈라진 복부의 상처가 그 증거였다.

"소림은… 끝이군."

중원 대사의 목소리가 떨렸다.

하지만 위무성은 고개를 흔들었다.

"아니, 소림은 오늘 끝나지 않을 거야."

"……?"

"당신이 내 피를 뜨겁게 끓게 만든 대가지."

"위 시주의 말은… 사실인가?"

"난 허언은 하지 않아. 당신이 소림을 멸문에서 구한 거야."

"소승은 위 시주를… 믿겠네."

그 말을 듣고서야 중원 대사의 표정이 비로소 밝아졌다.

그리고 바닥으로 허물어지는 중원 대사의 두 눈에서 생기가 빠져나가는 것을 바라보던 위무성이 희미하게 웃으며 말했다.

"과연 화산은 내 피를 끓게 만들 수 있을까?"

第五章

화산파

暗帝血습 암제헬로

시퍼렇게 날이 선 박도가 다가온다.

그 박도의 주인인 구레나룻을 멋지게 기른 사내와 순간 시선이 부딪친다.

일말의 동요도 없는 사내의 두 눈을 응시하다 검을 휘두른다.

까가강.

박도가 수수깡처럼 부서지며 산산조각난 파편이 흩어진다.

이번에는 검을 아래에서 위로 쳐올린다.

반 토막도 남아 있지 않은 박도를 들고 있는 사내가 그 검을 막을 수 있을 리 없다.

붉은 피가 눈앞에서 튀어 오른다.

두 눈을 부릅뜬 사내가 원망을 섞어 바라보다 숨이 끊어진다.

그렇지만 아직 끝이 아니다.

지금껏 살아오면서 일면식도 없는 사내가 박도를 든 채로 철천지원수라도 되는 양 덤벼든다.

대체 왜일까.

불쑥 의아함이 깃든다.

그러나 의아함을 품는 것보다 더 급한 것은 지금 박도를 휘두르며 다가오고 있는 사내를 베는 것이다.

흉신악살 같은 악독한 표정을 지은 채 달려들고 있는 사내의 박도에는 살기가 잔뜩 실려 있었다.

그렇지만 아직 살기를 제어할 수준은 아니었다.

서격.

이름조차 알지 못하는 사내의 박도가 떨어져 내리는 것보다 진가흔이 쳐올린 검이 더 빨랐다.

다시 붉은 피가 튀었다.

비명조차 지르지 못한 채로 죽어버린 일그러진 사내의 얼굴을 내려다보면서 진가흔은 다시 아까의 의아함을 떠올렸다.

'원한(怨恨)?'

가장 먼저 떠오른 것은 원한이었다.

그러나 원한이 있을 리 없었다.

아까도 말했듯이 일면식조차도 없는 사내였으니까.

'신념(信念)?'

이건 가능성이 있었다.

이들은 흑천이란 단체에 몸을 담았던 인물들이었으니까.

자신의 목숨보다 신념을 더 소중히 여겼던 연화 노인을 보더라도 신념의 무게가 얼마나 무거운지 알 수 있었다.

하지만 이게 전부가 아니라는 생각이 든다.

'선악(善惡)?'

퍼뜩 머릿속으로 또 하나의 생각이 스치고 지나가고 있었지만, 이것 역시 만족스럽지는 않았다.

과연 선악을 구별할 수 있을까.

정답은 없다는 생각이 들었다.

선과 악이라는 것은 결국 각자가 처한 입장에 따라 나누어지는 것이었다.

다시 말해 선악의 잣대를 나눌 수 있는 절대적인 기준은 없는 셈이었다.

'그럼 대체 뭘까?'

금방이라도 뭔가 떠오를 듯하면서도 뿌연 안개 속에 가려진 것처럼 명확하게 답이 나오지는 않았다.

그리고 진가흔에게는 더 이상 깊이 생각할 여유가 주어지지 않았다.

오른손에 검을 들고 있는 또 다른 사내들이 다가오고 있었다.

마치 죽을 것을 알고 있음에도 불구하고 불로 뛰어들고 있는 부나방처럼 달려들고 있는 자들을 가만히 바라보던 진가흔이 검을 들었다.

'움직여야지.'

한가하게 감상에 젖어 있을 때가 아니었다.

상대를 죽이지 않으면 내가 죽는 곳.

그리고 내가 아끼는 사람들이 죽는 곳.

강호란 비정한 곳이었고, 이 비정한 공간에 몸을 담은 이상 새삼스레 감상에 젖어 있을 수는 없었다.

"원하는 곳까지 닿기 위해서는 전진하는 수밖에."

진가흔이 휘두른 검이 사내들을 베어냈다.

그리고 진가흔은 더 망설이지 않고 앞으로 전진했다.

베고 또 베고.

검을 들고 있는 오른팔에 아무런 감각이 느껴지지 않을 때가 되어서야 진가흔이 검을 바닥으로 늘어뜨렸다.

왼팔을 들어서 얼굴에 튀어 있는 붉은 피를 닦아내며 고개를 돌렸다.

장내를 덮고 있는 피비린내.

가쁘게 토해내는 거친 숨소리.

끊어질 듯하면서도 이어지는 신음성까지.

싸움은 끝났다.

자신의 두 다리로 굳건히 서 있는 이들은 모두 진가흔과 함께 이곳으로 온 동료들뿐이었다.

흑천이 오랜 시간 공을 들여 섬서성에 마련해 둔 또 한 곳의 근거지인 적사단은 그렇게 흔적도 없이 사라졌다.

＊　　　＊　　　＊

천 년의 역사를 거치며 창안된 무공 비급들과 경전을 보관하고 있던 장경각이 거세게 타오르는 화마에 휩싸였다.

소림을 찾아오는 빈객들이 머무는 지객당 역시 화마에 휩싸인 채 한 줌 재로 변한 지 오래였다.

진명 대사가 장경각에 붙은 불을 꺼보기 위해 애를 쓰고 있었지만 혼자 힘으로는 역부족이었다.

"제자들은 무엇 하느냐, 어서 이곳으로 달려오지 않고!"

안타까운 마음에 소리를 질러보았지만, 진명 대사의 명을 받들기 위해 다가오는 제자들의 발소리는 들리지 않았다.

그제야 비로소 깨달았다.

아무리 목청껏 외친다고 해서 자신을 돕기 위해 달려올 제자들이 소림에는 남아 있지 않다는 사실을.

진명 대사가 힘없이 바닥에 주저앉았다.

위무성을 상대하기 위해 나섰던 소림삼성승이 차가운 땅바닥 위에 쓰러져 죽어 있는 것이 보였다.

마지막 순간까지 장렬히 싸우다가 양팔과 왼쪽 다리가 잘려 나간 후에야 최후를 맞이했던 장문 방장의 모습도 보였다.

어디 그뿐일까.

앞으로 소림의 미래를 이끌 것이라 믿어 의심치 않았던 제자들이 처참하게 죽은 채 사방에 고깃덩이처럼 널려 있었다.

더는 바라보지 못하고 두 눈을 감아버린 진명 대사가 탄식을 내뱉었다.

"차라리 날 죽였으면 좋았을 것을."

회한 때문일까.

두 눈을 감고 있는 진명 대사의 뺨을 타고 한줄기 눈물이 흘러내렸다.

그리고 그런 진명 대사의 귓가로 맴도는 목소리.

"어느 누구든 좋다. 소림의 무공을 익힌 자, 소림의 무공을 후학들에게 전수할 수 있는 자 하나를 살려주겠다."

소림삼성승 중 가장 배분이 높은 증원 대사를 쓰러뜨리고 난 후 위무성은 오연한 눈길로 쏘아보며 꺼낸 제안이었다.

마치 대단한 선심을 쓰는 것처럼 꺼낸 그 말을 듣는 순간, 가슴속 깊은 곳에서부터 분노가 치밀었다.

이곳은 소림이다.

다른 곳도 아닌 소림이 왜 상대에게 업신여김을 당해야 하는가?

이유는 하나.

소림이 약해서였다.

그리고 소림이 이렇게 나약해진 책임에서 나한전주를 맡고 있는 진명 대사가 자유로울 수 있을 리 없었다.

그래서 책임을 지려 했다.

뻔히 눈에 보이는 죽음으로써.

"갈!"

노호성을 터뜨리며 달려나가려 했지만, 진명 대사는 도중에 그 발걸음을 멈출 수밖에 없었다.

소매를 꽉 움켜쥐고 놓아주지 않는 주름진 손으로 인해서.

단번에 뿌리치고 달려나가려 했지만, 장문 방장은 꽉 움켜쥐고 있던 소매를 끝내 놓아주지 않았다.

그리고 장문 방장과 시선이 마주친 순간 불안감이 밀려왔다.

"이거 놓으시지요."

"나한전주가 살아남게."

"왜 하필 저입니까?"

"이유는 나한전주가 잘 알고 있지 않나? 당금 소림의 무공을 가장 많이 익히고 알고 있는 것이 나한전주이기 때문일세."

"싫습니다."

“방장으로서 내리는 명령이네.”

“그래도… 싫습니다.”

처음으로 장문 방장의 명령을 거부했다.

그러나 장문 방장도 쉽게 고집을 꺾지 않았다.

차라리 계속 명령을 내렸다면 끝까지 거부했을 텐데.

장문 방장의 두 눈에는 미안한 감정이 담겨 있었다.

“삼성승께서 스스로를 희생하시며 어렵게 만들어준 기회일세.”

“……”

“멸문보다야… 낫지 않겠는가?”

엄숙한 표정으로 그 말을 던지던 장문 방장을 끝까지 바라볼 수가 없었다.

그리고 더는 거부할 수가 없었다.

“무거운 짐을 떠넘겨서 미안하네.”

차라리 마지막 말은 하지나 말 것이지.

체한 것처럼 가슴이 답답했다.

두 눈을 감고 귀를 틀어막아 버리고 싶었지만 피눈물을 흘리며 끝까지 지켜보았다.

“울지 말거라.”

흑천의 무리가 남겨둔 것은 스무 명 남짓한 동자승들이었다.

빗자루를 드는 것도 버거워서 낑낑거리고, 틈만 나면 꾸벅꾸벅 졸기나 하는 동자승들을 데리고 대체 무엇을 할까 하는 생각이 퍼뜩 깃들었다.

하지만 그 생각은 이내 버렸다.

지금 이 동자승들이 소림에게 남은 전부였다.

그리고 이 동자승들에게 소림의 미래가 걸려 있었다.

"너희들의 어깨에는 소림의 미래라는 무거운 짐이 놓여 있다. 그 짐이 너무 무거워서 더러는 내려놓고도 싶을 것이고 던져 버리고 싶기도 할 것이다. 하지만 포기하지도 울지도 말거라. 이것이 너희들과 나의 숙명이니까."

알아듣기나 할까.

울음을 참기 위해 입술을 앙다물고 있는 까까머리 동자승들을 하나하나 훑어보며 진명 대사가 소매를 들어 흘러내리고 있던 눈물을 훔쳤다.

누구보다 무거운 짐을 어깨에 메고 있었지만 이 동자승들의 앞에서 약한 모습을 보이고 싶지 않았다.

*　　*　　*

"소림마저 무너지다니."

구대문파 중 한 자리를 차지하고 있는 화산파의 장문인을 맡고 있는 고문도의 미간에 깊은 주름이 파였다.

세간에 소림의 난이라 불리고 있는 흑천과 소림사의 대결.

중원 무학의 자존심이라 불리는 소림의 전대 고수들인 삼성승까지 나섰기에 중인들은 소림의 우세를 점쳤다.

그러나 막상 뚜껑을 열어보자 중인들의 예상은 빗나갔다.

소림삼성승은 흑천의 천주인 위무성 한 사람에게 무너졌다.

그리고 소림삼성승뿐만 아니라 소림도 무너졌다.

흑천의 천주인 위무성의 마음이 바뀌어 간신히 멸문은 면했다고 하나 소림이 입은 피해는 멸문이라 불러도 좋을 정도로 엄청났다.

"대비를 하고는 있지만 상황이 어렵습니다."

답답한 한숨을 내쉬고 있는 고문도의 표정을 흘깃 살핀 후 사제인 정명인이 어렵게 입을 뗐다.

속가제자들에게 연락을 취했고, 임무를 수행하기 위해 밖으로 내보냈던 제자들까지 모두 불러들였지만 상황이 어려운 것은 변함이 없었다.

흑천이 소림과 부딪치며 지닌 바 전력의 손실이 적지 않았다는 소문이 돌았지만, 그건 어디까지나 확인되지 않은 풍문에 불과했다.

게다가 흑천의 천주로 알려진 위무성은 전대 고수인 소림삼성승을 단신으로 꺾은 절대고수였다.

화산에는 소림삼성승 같은 전대 고수들이 없었고, 화산 최고수로 알려졌던 매화신검 종구육마저 죽은 후였다.

'그자를 누가 막을 수 있을까?

정명인이 몇날 며칠을 머리를 움켜쥔 채 고민해 보았지만, 해답을 찾을 수 없었다.

지금의 화산에는 위무성을 상대할 정도의 무인이 없었고, 그를 막지 못한다면 결국 멸문을 피하기 힘들 터였다.

"사람을 보내도록 하세."

길게 이어지고 있던 침묵을 깬 것은 장문인인 고문도였다.

그리고 뜬금없는 이야기를 듣고서 정명인이 질문했다.

"누구에게 사람을 보내겠다는 뜻입니까? 혹시 흑천의 천주인 위무성에게 사람을 보내 협상을 하실 생각이십니까?"

"그건 아닐세, 사제."

"……?"

"이미 서문세가와 종남파, 소림까지 멸문으로 몰아넣은 자일세. 우리가 무엇을 제시한다 하더라도 화산으로 오는 발걸음을 막을 수는 없을 것이네."

"그럼?"

"사제는 위무성이라는 절대고수를 상대할 수 있는 자가 무엇보다 필요하다고 생각하고 있겠지?"

정명인이 부인하지 않고 고개를 끄덕였다.

고문도 역시 자신과 다르지 않은 고민을 하고 있었다.

"아무리 생각해 보아도 지금의 화산에 그만한 고수는 없는 것 같습니다."

"아니, 한 사람이 있네."

“그게 누굽니까?”

“사제도 잘 알고 있는 자지.”

정명인이 두 눈을 부릅떴다.

자신있게 대답하고 있는 고문도의 표정으로 보아 농담을 하는 것 같지는 않았지만 전혀 감이 오지 않았다.

“회한독룡이네.”

그래서 이어질 말을 기다리고 있던 정명인은 자신의 귀를 의심했다.

“지금 누구라 하셨습니까?”

“화산에서 얻은 도호는 자운(紫雲). 비록 파문을 명하기는 했지만 화산의 넓은 아량으로 다시 그를 품에 안을 생각이네.”

“하지만 이미 도적에서조차 삭제하지 않았습니까?”

“도적에 이름을 다시 올리는 것이 무엇이 그리 어려운가?”

고문도는 별것 아니라는 투로 말했다.

하지만 정명인은 쉽게 수긍할 수 없었다.

자운, 아니, 진가흔과 화산은 악연으로 얽힌 관계.

장문인이 진가흔을 다시 받아들이겠다고 제안한다고 해서 그가 그 제안을 받아들일 가능성이 얼마나 있을까.

화산이 위험에 처하게 되자 마치 아무 일도 없었던 것처럼 손을 내미는 것부터가 너무 염치가 없는 것이었다.

“그가 화산으로 돌아오겠습니까?”

"무슨 수를 써서라도 돌아오게 해야지."

"대체 무슨 수로……."

"그 역할을 사제가 맡아주게."

정명인이 입술을 지그시 깨물었다.

장문인의 명령은 지엄하기 그지없었다.

화산의 제자로서 그런 장문인의 명령을 받드는 것은 당연한 일이긴 하지만 이번 명만큼은 따르고 싶지 않았다.

"왜 하필 저입니까?"

그래서 정명인이 씁쓸한 표정으로 되묻자 고문도는 특유의 온화한 웃음을 머금은 채 대답했다.

"사제가 간다면 적어도 얼굴이라도 마주할 수 있을 테니까."

진가흔이 머물고 있는 서가상단을 향해 이동하던 도중 끼니를 해결하기 위해 객잔에 들른 정명인이 한숨을 내쉬었다.

"파문을 명한다!"

시간이 많이 흘렀지만 아직도 기억 속에 생생하게 남아 있는 그날의 정경.

냉막하기 그지없는 표정으로 명을 내리던 장문인의 목소리가 다시 귓가를 헤집어놓고 있었다.

"지나친 처사였어."

유자명이 비무 도중에 부상을 입어 단전이 파괴되는 부상을 입은 것은 사실이다.

하지만 그것은 어디까지나 비무 도중에 흔히 발생할 수 있는 불상사일 뿐이었다.

유자명에게는 미안한 말이지만 그는 그저 운이 없었던 것이다.

굳이 잘잘못을 따진다면 비무 도중에 흥분을 가라앉히지 못하고 살검을 휘두른 진가흔에게 잘못이 있겠지만, 파문까지 이를 죄는 아니었다.

그래서 정명인을 비롯한 장로들이 나서서 반대했지만, 장문인은 끝내 자신의 고집을 꺾지 않았다.

아니, 좀 더 정확히 말하면 아끼던 제자인 유자명을 잃은 매화신검 종구육의 분노를 달래기 위해 무리한 선택을 한 것이었다.

"멍청한 결정이었어."

물론 그 당시만 해도 어느 누구도 예상치 못했다.

파문당한 진가흔이 이 정도로 뛰어난 무재였을 것이라고는.

불과 십 년.

그는 무서울 정도로 강해져서 자신이 파문당한 화산으로 돌아왔다.

그리고 자신을 파문시키는 데 결정적인 역할을 했던 매화신검 종구육과 비무를 펼쳐 승리를 거두었다.

"그것으로 웅어리진 마음이 모두 풀렸을까?"

이건 명확히 알 수 없는 부분이었다.

열 길 물속은 알아도 한 길 사람 속은 모르는 법이니까.

다만 짐작은 할 수 있었다.

"아마 풀리지 않았을 게야."

매화신검 종구육을 죽인 것만으로 모든 것이 풀리기에는 진가흔과 화산 사이에 얽힌 악연이 너무도 깊었다.

그리고 화산이 범한 실수가 너무나 많았다.

"너무 모질었어."

진가흔의 스승이었던 사제라도 화산에서 거두었어야 했다.

처음부터 허울뿐이었던 장로 직이라도 빼앗지 말았어야 했다.

적어도 기거하고 있던 허름한 초옥에서라도 내쫓지 않았어야 했다.

그리고 그게 다가 아니었다.

진가흔과의 비무 도중 부상을 입고서 단전이 파괴되어 폐인이 되다시피 했던 유자명도 거두었어야 했다.

하지만 화산은 그마저도 내쳤다.

사형이라 부르지도 않고 뒤에서 병신이라고 수군거리며 놀리는 것을 알았으면 제자들을 엄히 다스렸어야 했다.

그러나 어느 누구도 먼저 나서지 않았고, 결국 유자명은 화산을 등졌다.

어디 그뿐일까.

화산이 범한 가장 결정적인 실수는 따로 있었다.

바로 진가흔에게 다정기협 소연신을 죽였다는 누명을 씌우고 강호 공적으로 몰아가는 데 가장 적극적으로 나섰다는 것이다.

이 과정에서 종구육의 입김이 작용했지만, 그런 변명으로 화산이 책임을 면하기는 어려운 노릇이었다.

"모두 화산의 업보지."

침음성을 터뜨리며 정명인이 엽차를 들어 올렸다.

하필이면 자신이 이런 무거운 짐을 떠맡게 되었다는 사실로 인해 어깨가 무거웠다.

그리고 진가흔이 머물고 있다고 서가상단에 가까워질수록 점점 더 가슴이 답답해졌다.

또 갈피조차 잡을 수 없었다.

막상 진가흔을 대면했을 때 아무 일도 없었던 것처럼 웃어야 할지, 미안하다는 표정을 지어야 할지조차도.

그래서일까.

주문한 소채를 반이나 남기고 객잔을 나와 서가상단으로 걸어가는 정명인의 발걸음은 무겁기 그지없었다.

서유림은 화산의 장로가 찾아왔으니 그에 합당한 대접을 해야 한다며 호들갑을 떨었지만 진가흔이 그런 그를 제지했다.

"차를 준비할 필요도 없습니다."

진가흔의 목소리는 평소와 달리 단호했고, 살짝 굳어 있는 표정까지 확인한 서유림도 어쩔 수 없이 고개를 끄덕였다.

그리고 진가흔은 화산의 장로인 정명인을 서가상단의 집 객청으로 들게 할 생각조차 없었다.

처음 마주친 곳은 서가상단의 후원.

무표정한 얼굴로 서 있는 정명인을 확인한 순간 분노가 치밀었다.

정명인이 노구를 이끌고 자신이 머물고 있는 서가상단까지 찾아온 이유를 짐작하지 못할 진가흔이 아니었다.

"오래간만이구나, 자운아!"

먼저 인사를 건네는 정명인을 보던 진가흔의 두 눈이 일순 흔들렸다.

정명인의 입에서 흘러나온 도호.

자운이란 도호가 낯설었다.

너무 오래간만에 듣는 도호이기 때문이기도 했지만, 이미 화산의 도적에서 삭제된 도호였기 때문이다.

"난 자운이 아니오."

"그런가?"

“이미 화산의 도적에서까지 삭제되어 버린 도호를 가지고 나를 화산과 억지로 엮으려고 하지 마시오.”

진가흔이 단호한 목소리로 잘라 말했다.

그 말을 듣고서 정명인의 노안에 씁쓸한 빛이 스치고 지나갔다.

그 씁쓸한 표정을 확인하고 진가흔의 마음이 순간 약해졌다.

그날 냉막하기 그지없는 표정으로 파문이라는 명을 내리던 화산의 장문인의 곁에는 정명인도 서 있었다.

그리고 장문인이 그 명을 내리던 당시에 정명인이 짓고 있던 표정을 진가흔은 아직도 기억하고 있었다.

미안함과 안쓰러움, 자신의 무력함에 대한 분노까지 섞인 표정.

결국 끝까지 바라보지 못하고 두 눈을 질끈 감아버리던 정명인이었다.

그래서일까.

진가흔의 기억 속에 남아 있는 정명인은 자만과 아집, 냉혹함으로 똘똘 뭉친 다른 화산의 장로들과 달리 최소한의 측은지심은 갖춘 사람이었다.

그리고 그것이 정명인을 만나기로 결심한 이유이기도 했다.

하지만 진가흔은 약해지려던 마음을 다잡았다.

화산의 수많은 인물들 중 하필이면 정명인이 자신을 찾아온 데는 이유가 있을 터였다.

적어도 정명인이라면 자신이 문전박대는 하지 않을 것이라는 화산 장문인의 계산이 깔려 있을 터다.

"화산이 위험에 처했네."

그리고 예상은 빗나가지 않았다.

"그게 저와 무슨 상관이 있습니까?"

"화산은 자네의 사문이 아닌가?"

"사문이라……."

진가흔이 코웃음을 쳤다.

"화산의 도적에서 삭제된 지 오래요."

"그깟 도적이 무슨 상관인가? 도적에 자네의 이름을 다시 올리는 것은 어려운 일도 아닐세."

그러나 화산이 처한 상황이 어렵기 때문인지 정명인도 필사적이었다.

"장문인이 그리 말했소?"

"그러하네."

"또 뭐라 했소?"

"비록 한순간의 오해로 발생한 악연으로 인해 사이가 틀어졌지만 화산의 넓은 도량으로 자네를 다시 화산의 품에 안을 거라 하셨네."

마치 기다렸다는 듯이 앵무새처럼 장문인이 전하라 한 말을 옮기고 있는 정명인을 바라보던 진가흔의 표정은 시간이

지날수록 더욱 차갑게 변했다.

"그래서?"

"그래서라니, 무슨 말인가?"

"화산이 위험에 처했으니 와서 도와달라는 것이오?"

"……."

"파문까지 시키던 때는 언제고 지금 와서 상황이 급하니 다시 도적에 이름을 올려줄 테니 도와달라?"

"……."

진가흔이 한껏 비꼬았다.

정명인은 측은지심뿐만 아니라 양심도 있는 자였다. 얼굴이 붉게 달아오른 채 아무런 대꾸도 하지 못하고 있었던 것이다.

"어쨌든 먼 길 오시느라 고생했소. 여기 시원한 냉수 한 잔을 준비해 두었으니 목이라도 축이고 돌아가시오."

명색이 화산의 장로인 정명인이었다.

그런 그가 장로 끝에 서가상단에 도착했지만 건물 안으로는 한 발도 들여놓지 못한 상황이었다.

게다가 싸구려 차는커녕 물 한 모금 얻어 마시지 못했다.

그가 언제 이런 대접을 받아보았을까.

하지만 정명인은 그에 대해 푸념을 늘어놓지도 않았고, 화를 내지도 않았다.

"아직 대답을 듣지 못했네!"

다급한 목소리로 진가흔의 대답을 듣기를 원한다고 소리

쳤다.

"대답은 할 수 없소."

"이유가… 뭔가?"

"난 아무것도 듣지 못했기 때문이오."

"그게 무슨 말인가?"

"말 그대로요. 내가 들은 것은 아무것도 없소."

"……."

"돌아가서 장문인에게 전하시오."

"무엇을 말인가?"

"진심으로 내 도움을 얻고 싶다면 괜히 애먼 사람 보내 고생시키지 말고 직접 찾아오라고."

"그건……."

"하긴 그래도 들어줄지는 모르겠지만."

진가흔이 그 말을 끝으로 신형을 돌렸다.

그리고 유난히도 차갑게 느껴지는 그 등을 바라보고 있던 정명인이 답답한 표정으로 한숨을 내쉬었다.

"너무 심했던가?"

향이 좋은 차 한 잔을 앞에 두고 앉아 있는 진가흔의 표정은 좋지 않았다.

답답한 표정을 지은 채로 한참을 멍하니 서 있다가 결국 신형을 돌리던 정명인의 뒷모습이 떠올랐다.

무척이나 쓸쓸해 보이던 그 뒷모습이 떠오르자 다시 마음
이 약해지며 차 한 잔 정도는 대접했어야 했다는 자책까지 들
었다.

하지만 이내 고개를 흔들었다.

자신으로 인해 화산의 장로 직을 잃은 것은 물론이고 기거
하던 초라한 초옥에서마저 쫓겨나 쓸쓸히 노년을 마감하셨던
스승님의 모습이 떠올랐다.

한때는 미래의 화산의 전성기를 이끌 것이라 여기며 촉망
받던 후기지수였던 사형의 단전이 파괴되자 일말의 자비도
없이 내친 곳이기도 했다.

어디 그뿐인가.

자신을 파문시키고 도적에서 파헤친 것으로 모자라 앞장
서서 억울한 누명까지 씌운 곳이 바로 화산이었다.

그런데 지금 와서 흑천이란 단체로 인해 위험에 처하자 마
치 당연하다는 듯이 자신에게 도움을 청하고 있다.

"참, 염치도 없는 놈들이오."

화산의 장로인 정명인이 떠나는 것을 확인하고 나서 기어
이 소금까지 뿌리고 나서도 분이 풀리지 않는 듯 황두호가 콧
김을 뿜어내며 빈정댔다.

"쓰면 뱉고 달면 삼킨다더니, 여기가 어디라고 염치도 없
이 찾아와서는 저따위 망발을 늘어놓는지. 하여간 저런 놈들
이 도를 닦는 도사라고 어깨에 힘을 주고 다니고 있으니 세상

참 말세요."

"너무 그러지 말거라."

"형님은 마음도 참 비단결이오. 뭘 그러지 맙니까? 세상 사람들이 비천한 놈들이라고 손가락질하는 우리 하오문도들도 저런 짓거리는 안 합니다."

"……."

"어라, 왜 아무 말도 없는 겁니까? 형님 설마 저 빌어먹을 화산의 도사 놈들을 도울 생각입니까?"

자신의 비난에 동조하지 않고 아무런 말 없이 앉아 있는 진가흔을 힐끗 살핀 황두호가 고리눈을 뜨며 물었다.

"아직 아무런 결정도 내리지 않았다."

"결정을 내리고 말고 할 것이 뭐가 있습니까? 화산이 형님한테 얼마나 몹쓸 짓을 했는지 잊으셨습니까?"

황두호가 노발대발했지만 진가흔은 여전히 차분했다.

"하나도 잊지 않았다."

"그런데요?"

"화산의 장문인을 청했다."

"화산의 장문인을 직접 오라고 했단 뜻입니까?"

"그래."

진가흔이 마치 당연하다는 듯이 대꾸하자, 황두호는 놀란 표정을 감추지 못했다.

"그 콧대 높은 화산의 장문인이 과연 올까요?"

“그야 두고 보면 알겠지.”

“안 올 것 같은데요.”

“난 찾아올 것 같구나. 물론 그가 오지 않아도 상관없다. 다만 내게 도움을 청하려면 화산의 장문인이 직접 찾아와서 사과를 하는 것이 최소한의 예의라 생각했기에 오라고 한 것이다.”

“……?”

“그리고 어떤 선택을 할 것인지는 나를 찾아온 화산의 장문인의 태도와 이야기를 들어본 후에 결정할 것이다.”

진가흔이 찻잔을 들어 올렸다.

황두호는 여전히 뭔가 마음에 들지 않는다는 표정을 짓고 있었지만 더 이상 불만을 토해내지는 않았다.

그리고 차를 모두 마신 진가흔이 자리에서 일어났다.

“또 어딜 갑니까?”

“약속이 있다.”

“약속요?”

“그래, 아주 중요한 약속이지.”

“대체 누구와 만나기로 했습니까?”

꼬치꼬치 캐묻고 있는 황두호를 향해 진가흔의 희미한 웃음을 지은 채 대답했다.

“내가 가장 아끼는 동생이다.”

그 말이 서운해서일까.

황두호가 섭섭한 기색을 감추지 않고 입술을 삐죽이고 있었지만 진가흔은 신경 쓰지 않고 걸음을 옮겼다.

힐긋.
곁눈질로 자신을 살피는 점소이의 시선이 느껴졌다.
홀로 객잔으로 들어와 창가 쪽에 자리를 잡고 앉은 후 지난 반 시진 동안 아무것도 시키지 않고 엽차만 마시고 있으니 눈치를 주는 것이리라.
그 시선이 적잖이 부담스럽게 느껴질 만도 했지만 진가흔은 점소이의 시선 따위는 신경 쓰지 않고 있었다.
그의 신경은 온통 다른 곳에 쏠려 있었다.
약속 시간이 지났건만 나타나지 않는 사내에게로.
초조함을 참지 못하고 손가락으로 탁자를 두드리고 있던 진가흔이 갈증을 느끼고 미지근하게 변해 버린 엽차를 들어 올렸다.
엽차를 모두 들이켠 후 다시 엽차 한 잔을 부탁하려던 진가흔이 천천히 객잔 안으로 들어서는 사내를 확인하고 행동을 멈추었다.
"늦었구나."
원래 약속했던 시간에서 반 시진이나 흐른 후였다.
그래서 진가흔이 힐책하듯 던진 말을 듣고서 천천히 걸어온 사내, 연자경의 시선이 일순 흔들렸다.

“살아… 계셨군요.”

얼굴 위로 십자 형태로 가로지르고 있는 흉터를 확인하고서 흠칫하며 놀라는 연자경의 반응을 진가흔은 놓치지 않았다.

하지만 내색하지 않고 웃으며 대답했다.

“네 덕분이지.”

“제가 한 일은 별것없습니다.”

“네가 날 살리기 위해 버린 것은 자존심. 네게 있어 목숨보다 더 소중한 자존심을 버렸는데 어찌 한 일이 없다 할 수 있느냐?”

“그깟 자존심이 무엇이 대수입니까? 제 자존심을 버린 대가는 형님이 이렇게 살아 계신 것으로 충분합니다.”

연자경이 차분하게 대답했다.

그 대답을 듣고서 진가흔이 고개를 끄덕이며 다시 입을 열었다.

“어떻게든 살아남고 싶었다. 억울한 누명을 쓰고 죽을 수는 없다고 생각했으니까. 내게 누명을 씌운 자를 찾아가 따지고 싶었고, 그 이유를 듣고 싶기도 했다. 그 삶에 대한 의지가 날 이 자리에 있게 했다.”

“……”

“그리고 이제 고대하던 그 순간이 얼마 남지 않은 것 같구나.”

무슨 생각을 하고 있는 걸까.

　아무런 대꾸도 없이 가만히 서 있는 연자경을 물끄러미 올려다보던 진가흔이 팔을 잡고 끌었다.

　"불편하니 그렇게 서 있지 말고 우선 앉거라."

　"알겠습니다."

　사양하지 않고 연자경이 맞은편에 앉고 나서, 진가흔이 점소이를 불렀다.

　"주문하시겠습니까?"

　"간단한 안줏거리와 죽엽청을 한 병 가져오거라."

　기다렸다는 듯이 다가온 점소이에게 진가흔이 주문을 마치자마자 연자경의 두 눈이 살짝 커졌다.

　"갑자기 무슨 술입니까?"

　"오래간만에 너와 한잔하고 싶구나."

　"하지만……."

　"예전 생각이 나는구나. 야심한 시각에 함께 몰래 빠져나와 객잔에서 술을 마신 적이 한두 번이 아니었지 않으냐?"

　"저는 술을 입에 댄 적이 없습니다."

　"그래, 술을 마신 것은 늘 나 혼자였지. 넌 굳이 따라와서 내가 술을 마시는 동안 잔소리를 늘어놓았지. 오늘은 왠지 그 잔소리가 그립구나."

　진가흔이 웃으며 말했다.

　그리고 딱딱하게 굳어 있던 연자경의 입가가 풀어지며 처음으로 희미한 웃음을 머금었다.

　마치 어린아이가 아까워서 당과를 입속에 넣지 못하고 손에 쥐고만 있는 것처럼……. 너무나 소중하기에 함부로 꺼내볼 생각도 하지 못하고 기억 저편에 묻어두기만 했던 추억들을 연자경이 조심스레 꺼내기 시작했다.

　"기억나십니까?"
　"그걸 어찌 잊겠느냐?"
　"저도 제가 술이 그렇게 약할 것이라고는 꿈에도 몰랐습니다. 고작 화주 한 잔을 마시고 취해 버렸으니까요."
　"객잔을 아주 뒤집어놓았었지."
　"그 정도는 아니었던 걸로 기억합니다만."
　"술잔을 집어 던지고 다른 탁자에 앉아서 술을 마시던 자들과 시비까지 붙어서 우리 둘 다 흠씬 두들겨 맞았었지."
　"저희와 시비가 붙었던 것이 하필이면 뒷골목 파락호들이었지요."
　"그래, 운도 더럽게 없었지."
　진가흔이 웃으며 대답했다.
　그리고 마주 앉아 있는 연자경의 입가에 걸려 있던 희미한 웃음도 짙어졌다.
　추억이란 그런 것이었다.
　지금 서로가 처해 있는 상황이 어떻게 변해 있든 관계없이 다시 예전 그 시절로 돌아가서 웃을 수 있게 만들어주는 힘이 있었다.

"내가 너 때문에 담을 넘은 적도 있었지."

"언제 말씀이십니까?"

"부끄러워서 그러는가 본데, 기억나지 않는 척 말거라. 원래 사내에게 있어 첫사랑이란 평생 잊을 수 없는 것이니까."

연자경의 얼굴에 이번에는 홍조가 어렸다.

그리고 멋쩍은 표정으로 입을 뗐다.

"그걸 어찌 잊겠습니까? 저 때문에 형님께서 야밤에 담을 넘는 수고까지 마다하지 않으셨는데요."

"녀석, 역시 기억하고 있었구나."

"형님을 속일 수는 없군요. 이미 다 지난 일이긴 하지만 아직도 잠들기 위해 불을 끄고 누우면 가끔씩 그녀의 얼굴이 떠오르곤 합니다."

"여전히 아름답더냐?"

"기억 속에 남아 있는 그녀의 얼굴은 늘 그 당시 모습 그대로니까요. 하지만 그게 다 무슨 소용이겠습니까? 형님이 저를 위해 그리 수고를 해주셨지만 이미 다른 남자의 부인이 되어 있는데요."

"후후. 인연이 아니었던 게지."

"그런가요."

"그래. 네 부친께서 그 사실을 알아채시고 억지로 갈라서게 만든 덕분에 대과에 급제하고 관직에 올라 있지 않으냐?"

"그렇지요. 그로 인해 아버님과 형님의 사이도 틀어졌지요."

연자경의 입가에 머물러 있던 웃음이 사라졌다.

그리고 그것을 확인한 진가흔이 씁쓸하게 웃었다.

연자경의 얼굴에서 웃음이 사라진 것을 본 순간 깨달았다, 아련했던 추억 속을 헤매던 시간은 끝났다는 사실을.

지금부터는 다시 현실로 돌아와야 했다.

"마치 엊그제의 일 같은데 이미 많은 시간이 흘렀군요."

"서로가 많이 변했지."

"그러게 말입니다."

"하지만 여전히 변하지 않는 것이 있다. 넌 여전히 내가 가장 믿고 아끼는 동생이라는 사실이지."

진가흔의 말이 의외여서일까.

연자경이 잠시 흠칫하는 사이, 점소이가 주문했던 죽엽청과 소채를 탁자 위에 내려놓고 돌아갔다.

"한잔 다오."

쪼르륵.

진가흔이 앞으로 내밀고 있는 자그마한 사기잔 안으로 맑은 죽엽청이 떨어져 내렸다.

그 잔을 가득 채운 후 연자경이 술병을 탁자 위로 내려놓으려 했지만, 진가흔이 먼저 그 술병을 낚아챘다.

"못난 형이 주는 술을 한잔 받지 않겠느냐?"

"제가 술을 입에 대지 않는다는 사실은 알고 계시지 않습니까?"

연자경이 정색하며 대답했다.

그러나 진가흔도 쉽게 포기하지 않았다.

"그래도 네가 받았으면 좋겠구나."

"왜입니까?"

"이번이 마지막일 것 같으니까."

"……?"

"아무래도 너와 이렇게 마주 앉아서 술잔을 기울일 수 있는 기회가 다시는 없을 것 같다는 생각이 드는구나."

연자경이 그 말을 듣고서 흠칫했다.

마지막이란 단어가 그의 가슴을 아프게 찌르고 있었다.

그리고 마지막이라는 단어에는 묘한 마력이 있었다.

조금 전까지 비어 있던 연자경의 손에는 사기잔이 들려 있었다.

"마지막이라니 딱 한 잔만 받겠습니다."

"고맙구나."

연자경의 손에 들린 사기잔에 죽엽청이 채워졌다.

서로의 잔을 부딪친 후 아무런 말도 없이 죽엽청을 들이켰다.

그리고 딱 한 잔만 받겠다는 연자경의 말은 거짓이었다.

계속 이어지고 있는 침묵이 부담스러워서일까.

연자경이 잔을 비우기가 무섭게 다시 앞으로 내밀었다.

진가흔도 만류하지 않고 앞으로 내밀고 있는 사기잔에 술을 채워주었다.

그렇게 아무런 말 없이 각자의 술잔을 비우기를 다섯 잔째.

진가흔이 먼저 어렵게 입을 뗐다.

"염치없다는 것은 알지만… 네게 부탁이 있다."

술기운이 오르기 때문인지 얼굴이 붉게 달아올라 있던 연자경이 그 말을 듣고서 순순히 고개를 끄덕였다.

"제가 들어드릴 수 있는 것이라면 들어드리겠습니다."

"어려운 부탁이다."

"제게 술까지 권하시는 것을 보고 짐작하고 있었습니다."

"후후."

연자경은 역시 눈치가 빨랐다.

진가흔이 연자경에게 잘 마시지도 못하는 술을 억지로 권한 이유는 맨 정신으로 꺼내기에 어려운 부탁이었기 때문이다.

"무엇입니까?"

"화산파가 위험하다."

"흑천이란 단체 때문입니까?"

진가흔이 단도직입적으로 던진 말을 듣자마자 연자경이 질문했다.

비록 관직에 올라 있는 연자경이라 하나 강호에서 벌어지고 있는 일에 문외한은 아니었다.

"그래. 내 힘만으로는 흑천이란 단체를 막는 것이 어렵구

나. 그래서 관의 힘을 빌리고 싶다."

"어렵습니다."

"어렵다?"

"형님이 제게 꺼낸 첫 번째 부탁인만큼 어떻게든 들어드리고 싶지만 제게는 그런 힘이 없습니다. 저는 일개 하급 관리일 뿐입니다."

연자경은 깊이 생각하지도 않고 딱 잘라 거절했다.

그러나 진가흔도 쉽게 포기하지 않았다.

"네게 그만한 힘이 있다는 것은 알고 있다."

"제 직급이 무엇인지 알고 계신 겁니까? 지금 형님께서는 뭔가 오해를 하고 계신 듯합니다."

"오해가 아니다."

"……?"

"너에게는 힘이 없지만 연지현 어르신은 그만한 힘을 가지고 계시지."

진가흔의 입에서 부친의 이름이 흘러나올 것이라고는 예상치 못한 듯 연자경의 두 눈이 당혹으로 물들었다.

하지만 이내 본래의 신색을 되찾았다.

"그렇게까지 해야 할 만큼 상황이 급합니까?"

"그래, 내겐 선택의 여지가 없다."

"저로서는 이해가 가지 않는 것이 있습니다."

"무엇이냐?"

"형님과 화산파는 악연으로 얽힌 사이가 아니었습니까? 그런 화산파가 위험에 처했는데 형님이 이리 적극적으로 도우시려는 이유를 모르겠습니다."

연자경의 지적은 예리했다.

그러나 연자경이 이런 의문을 품을 것을 예상하고 있었기에 진가흔도 미리 대답을 준비해 왔다.

"비록 악연으로 얽혔다고는 하나, 나의 사문이니까."

"하지만……."

"화산의 도적에 아직 내 도호가 남아 있더구나."

술잔을 입으로 가져가며 진가흔이 꺼낸 대답을 듣고서 연자경이 입을 다물었다.

"가능하겠느냐?"

"다른 사람의 부탁도 아니고 형님이 제게 하신 첫 번째 부탁이니 들어드리도록 하겠습니다."

"고맙구나."

진가흔이 손을 뻗어 연자경의 손을 움켜쥐었다.

그리고 맞잡은 연자경의 손에서는 예전처럼 뜨거운 열기가 전해지고 있었다.

第六章

과욕(過慾)

暗帝血路
안제혈로

“화산의 움직임이 심상치 않습니다.”

문사의 보고를 듣던 위무성이 흥미를 드러냈다.

“무엇이 의외란 말인가?”

“화산의 장로인 정명인이 서가상단으로 들어갔습니다.”

“누구를 만났지?”

“송구스러운 말씀이지만 현재 서가상단 내에서 벌어지고 있는 사건에 대해서는 어떤 정보도 얻지 못하고 있습니다. 적지 않은 인력을 투입해서 주시하고 있지만 거기까지는 알아내지 못했습니다.”

“짐작은 할 수 있지. 무가인 화산이 서가상단에 가서 도움

을 청했을 리는 없을 테니, 그곳에 있는 누군가를 만나 도움
을 얻으려 했겠지.”

“…….”

“그 누군가는 아마 진가흔이겠지.”

위무성이 확신에 찬 목소리로 꺼낸 말을 듣고서 문사가 쉽
게 이해할 수 없다는 반응을 드러냈다.

“하지만 화산과 진가흔 사이는 악연으로 얽혀 있지 않습니
까?”

“상황이 급하니까 체면 따위는 생각할 틈이 없었겠지. 지
금 화산의 장문인은 지푸라기라도 잡고 싶은 심정일 거야.”

“화산의 상황이 어렵다는 것은 알고 있지만…….”

“도사들이라고 해서 모두 고고한 것은 아니지. 죽음이란
것은 어느 누구에게나 두려운 것이거든.”

위무성이 코웃음을 쳤다.

그런 그를 살피던 문사가 계속해서 보고했다.

“화산의 장로인 정명인이 화산으로 돌아온 후 더욱 특이한
징후가 발견되었습니다.”

“뭔가?”

“화산의 장문인이 화산을 떠났습니다.”

“소림 다음은 화산이라는 것을 모를 리 없을 텐데 장문인
이 자리를 비웠다? 형편없는 자라는 것은 알고 있었지만 혼자
살기 위해 자신의 사문과 제자들을 버리고 도망칠 정도로 형

편없는 자였던가?"

"처음에는 저도 그리 생각했지만 그자가 움직이는 경로를 보고 도망친 것은 아니라는 결론을 내렸습니다."

"예상 목적지가 어디인가?"

"서가상단입니다."

"서가상단?"

그 대답이 의외였던 듯 위무성이 두 눈을 살짝 치켜떴다.

"재밌군."

"무슨 말씀이신지?"

"진가흔이 화산의 장문인을 직접 오라 했군. 하긴 화산으로 인해 그만한 수모를 겪었는데 응어리졌던 마음이 쉽게 풀릴 리 없지."

"화산의 장문인 역시 진가흔을 만나기 위해 움직였단 말씀이십니까?"

"아마 위험에 처한 화산을 구해줄 유일한 동아줄이라고 생각했겠지. 다른 사람도 아닌 화산의 장문인을 직접 움직이게 만들다니 역시 재밌는 자야. 점점 더 흥미가 생기는군."

위무성이 고개를 끄덕일 때, 문사가 넌지시 입을 뗐다.

"화산파 장문인의 경로는 이미 파악이 된 상황입니다."

"그래서?"

"명령만 내리시면 천의 무인들을 움직여 충분히 제거할 수 있습니다. 우두머리라고 할 수 있는 장문인이 죽는다면 화산의 동요는 더욱 극심해질 것이 당연할 터. 제거하는 편이 어떻습니까?"

문사의 말은 이치상 틀린 부분이 없었다.

하지만 위무성은 그것을 허락하지 않았다.

"내버려 두게."

"그렇지만……."

"진가흔이라는 자를 만나야겠네."

"……."

"그리고 그 무대로는 화산이 어울릴 것 같거든."

문사는 여전히 미련이 남은 듯 뭔가를 말하려고 했지만, 위무성은 손을 가벼이 내저어 문사를 막았다.

느긋하게 뒷짐을 진 채로 허공을 올려다보던 위무성이 웃으며 혼잣말을 중얼거렸다.

"궁금하군. 화산의 장문인이 그렇게 잡으려고 하는 동아줄이 튼튼한 동아줄일지, 썩은 동아줄일지가."

*　　　*　　　*

퇴기들이 모여 있는 낙랑골.

삶에 찌들 대로 찌들어 버려 한 줌의 생기조차도 찾아볼 수 없는 퇴기들이 지나치는 사내들을 향해 손을 흔들며 유혹하고 있었다.

낙랑골에서는 이미 일상처럼 되어버린 광경.

그래서 특별할 것도 없었다.

무심한 눈빛으로 그 광경을 지켜보고 있던 백천유가 결심을 굳히고 퇴기들이 모여 있는 곳으로 걸어 들어갔다.

다가오는 백천유를 확인하고 여느 때와 다름없이 손짓하며 유혹하려 하던 퇴기들의 눈이 커졌다.

그리고 눈치를 살피며 들어 올리던 손을 내린 후 모두 몸을 일으켰다.

그와 동시에 옷매무새를 고치고 공손히 고개를 숙였다.

"문주님을 뵙습니다."

하지만 그런 퇴기들의 인사는 받아주지도 않고 무심한 표정으로 걸어간 백천유가 낙랑골 안으로 들어가기 전에 걸음을 멈추었다.

"지금부터 반 시진 동안 이 근처에 아무도 접근하지 못하게 하라."

수행하듯 뒤로 따라붙고 있는 열 명의 무인이 긴장한 눈빛으로 흩어지는 것을 확인하고서 걸음을 옮기려던 백천유가 다시 입을 뗐다.

"너희도 마찬가지다."

"……."

"문주의 명을 어길 셈이냐?!"

백천유가 은신한 채 호위를 하는 비영대에게 소리쳤다.

그리고 쉽게 판단을 내리지 못하고 머뭇거리던 그들의 기척이 사라진 것을 확인하고서야 백천유가 안으로 걸음을 옮겼다.

그가 향한 곳은 낙랑골의 가장 안쪽에 자리한 퇴기의 방.

희미한 불빛이 일렁이고 있는 방문을 물끄러미 바라보고 있던 백천유의 두 눈이 흔들리기 시작했다.

끼이익.

한참을 망설이던 그가 손잡이를 잡고 힘을 주었다.

마침내 문이 열리고 드러난 광경.

방의 한가운데 한 명의 여인이 앉아 있었다.

그리고 그 여인이 천천히 고개를 들었다.

"잘… 지냈느냐?"

시선이 마주친 순간, 백천유의 두 눈이 급격히 흔들렸다.

억지로 쥐어짜낸 목소리도 가늘게 떨렸다.

"누구십니까?"

차분한 목소리로 대꾸하는 여인을 보던 백천유가 참지 못하고 급히 숨을 들이켜 새어 나올 뻔한 탄식을 삼켰다.

보석처럼 빛나던 눈동자가 사라졌다.

하지만 그렇다고 해서 눈앞의 여인을 알아보지 못할 리 없었다.

"미안… 하다."

터져 나오는 오열을 간신히 참아내며 백천유가 다시 입을 떴다.

그런 그의 두 눈에서 흘러내리는 굵은 눈물.

하지만 그 눈물마저 닦아내지는 않았다.

보석처럼 빛나던 두 눈을 잃어버리고 앞이 보이지 않게 된 수련은 이 눈물을 보지 못할 테니까.

백천유가 처음 수련을 본 것은 오 년 전이었다.

기루에 몸을 담은 것이 처음이어서일까.

살짝 긴장한 눈빛으로 두리번거리며 주변을 살피던 수련과 눈이 마주친 순간, 가슴이 뛰었다.

새로운 생활이 시작된다는 사실로 인해 겁을 집어먹은 탓인지 가늘게 떨고 있는 그녀를 끌어안고 위로해 주고 싶었다.

하지만 당시 백천유의 신분은 지금과 달랐다.

일개 평문도에 불과했던 그가 수련을 위해서 할 수 있는 것은 아무것도 없었다.

그저 보이지 않는 곳에 숨어서 그녀를 지켜보는 것이 전부였다.

기녀 생활에 쉽게 적응하지 못하고 힘들어하는 그녀를 보며 가슴 아파한 적이 한두 번이 아니었다.

그리고 돈에 팔려 다른 사내의 품에 안기는 그녀로 인해 마시지도 못 하는 술을 마신 적도 많았다.

그런 상황이 변한 것은 백천유가 지닌 바 능력을 인정받아

하오문 낙양 분타주 직책에 오르고 나서였다.

백천유는 수련을 기문 문주에 앉히는 파격적인 인사를 단행했다.

그 과정에서 수많은 반대가 있었고 갖가지 구설수가 난무했지만, 백천유는 기어이 자신의 뜻을 관철시켰다.

그리고 마침내 하오문 낙양 분타주와 기문 문주라는 신분으로 대면했다.

"저는 이해할 수가 없습니다."

"무엇을 이해할 수 없단 말이냐?"

"저는 기문 문주라는 직책을 맡을 만한 능력이 없습니다."

"네가 기문 문주 직책을 맡을 만한 능력이 있느냐 없느냐를 따져서 판단을 내리는 것은 나의 몫이다."

백천유는 고집을 꺾지 않았다.

하지만 고집이 센 것은 수련 역시 마찬가지였다.

"제가 가진 보잘것없는 능력을 좋게 봐주신 것은 감사하지만 저는 기문 문주 자리를 거절하겠습니다."

기문 문주 자리는 쉽게 뿌리치기 힘든 유혹.

하지만 그녀는 단칼에 잘라 거절했고, 백천유도 예상치 못한 그녀의 반응에 당혹스러움을 감추지 못했다.

"솔직히 말하도록 하마."

"말씀하시지요."

"네 능력을 보고 결정한 인사가 아니다."

“그럼 무엇 때문이십니까?”

“너를… 내 곁에 두고 싶기 때문이다.”

몇 번이나 망설이다가 어렵게 속마음을 털어놓았다.

충격을 받아서일까.

보석처럼 빛나던 두 눈을 새치름히 치켜뜨고 있던 그녀는 아무런 대답도 하지 못하고 한참이나 망설였다.

“그렇다면 더욱 기문 문주 자리를 맡을 수 없습니다.”

그리고 마침내 돌아온 대답은 백천유의 마음을 갈가리 찢어놓았다.

결국 수련은 기문 문주가 되었다.

어떤 사적인 감정도 배제하겠다는 백천유의 맹세 아닌 맹세를 듣고 난 후에야.

하지만 누군가를 좋아하는 마음이란 쉽게 변하지 않는 것이었다.

겉으로 내색하지는 않았지만, 수련을 향한 그의 마음은 조금도 변하지 않았다.

아니, 시간이 흐를수록 그 마음은 점점 더 커져 갔다.

그리고 그것은 현재도 마찬가지였다.

지금 수련의 마음이 진가흔이라는 사내로 가득 차 있다는 사실을 알고 있었지만 견딜 수 있었다.

이제 그녀는 자신의 것이 될 테니까.

"보고… 싶었다."

소매를 들어 뺨을 타고 흐르는 눈물을 닦아낸 백천유가 억지웃음을 쥐어짜 내며 방 안으로 들어섰다.

격정 때문일까.

수련의 두 어깨가 격렬하게 흔들리기 시작했다.

차분하게 앉아 있던 수련이 허둥대며 바닥을 손으로 짚어가며 기어서 다가오기 시작했다.

하지만 그도 잠시, 벼락이라도 맞은 사람마냥 움찔한 그녀는 고개를 돌린 채 주춤거리며 뒤로 물러났다.

"돌아… 가세요."

가늘게 떨리는 목소리가 흘러나왔다.

그리고 벽에 기댄 채로 고개를 무릎 사이로 파묻고 있는 그녀를 본 순간, 백천유의 두 눈에서 다시 눈물이 흐르기 시작했다.

"내가 보고 싶지 않았느냐?"

"……."

"나는 그날 이후로 한시도… 너를 잊은 적이 없다."

백천유가 진심을 담아 말했다.

그 말을 듣고서 수련의 어깨에서 시작된 격렬한 떨림이 몸 전체로 퍼져 나갔다.

"저는… 이미 다 잊었습니다."

간신히 쥐어짜 내고 있는 수련의 목소리는 어느새 젖어들어 있었다.

그리고 백천유는 그 말이 거짓임을 금세 알아챘다.

"두 눈을 잃었기 때문이냐?"

"……."

"고개를 들거라. 그딴 것은 아무 상관도 없으니까."

백천유가 힘주어 말했지만, 수련은 쉽게 고개를 들지 못했다.

그 모습을 물끄러미 바라보던 백천유가 그녀에게로 다가갔다.

숨소리가 들릴 정도로 가까이 다가간 백천유가 무릎을 꿇고 그녀의 얼굴 쪽으로 손을 뻗었다.

백천유가 내민 손이 턱에 닿는 순간 흠칫하기는 했지만 그 손길을 피하지는 않았다.

그 손에 힘을 더해 그녀의 고개를 들어 올리며 물었다.

"네가 앞을 볼 수 없다는 것이 다행이구나."

"무슨… 말씀이십니까?"

"흉하게 변한 내 얼굴을 볼 수 없으니까."

"아!"

수련이 탄식을 터뜨렸다.

그런 그녀가 조심스레 손을 뻗어서 얼굴을 만지려 했지만, 이번에는 백천유가 흠칫하며 뒤로 물러났다.

“왜… 피하십니까?”

“네게 보여주고 싶지 않구나.”

“하지만…….”

“얼굴이 이렇게 흉하게 변해 버렸음에도 불구하고… 너는 나를 받아줄 것이냐?”

수련이 뻗고 있는 손을 꽉 움켜쥐며 백천유가 물었다.

그리고 수련의 신형이 다시 떨렸다.

“아까는 거짓말을 했습니다.”

“……?”

“저 역시… 단 한순간도 잊은 적이 없습니다.”

그 고백을 듣는 순간, 백천유는 질투가 치밀었다.

그러나 이내 마음을 다잡았다.

앞이 보이지 않는 그녀는 자신을 진가흔이라 믿고 있었다.

그리고 지금은 이것으로 충분했다.

이렇게라도 그녀를 자신의 것으로 만들고 싶은 것이 백천유의 솔직한 심정이었으니까.

“미치도록… 보고 싶었다.”

수련의 손을 움켜쥐고 있는 손에 힘을 더하며 백천유가 가늘게 떨리고 있는 수련의 등을 끌어당겼다.

스르륵.

아무런 저항 없이 몸을 맡기는 수련의 입술을 탐했다.

부드럽기 그지없는 입술을 쉬지 않고 탐하고 있는 백천유의 입가로 만족스런 웃음이 떠올랐다.

*   *   *

"오래간만이오."

먼저 인사를 건네는 진가흔의 입가는 말려 올라가 있었지만 화산의 장문인인 고문도를 바라보고 있는 두 눈은 얼음장처럼 차갑기 그지없었다.

아직도 생생하게 남아 있는 그날의 기억.

냉막하기 그지없는 표정으로 파문을 명하던 고문도를 꽤나 긴 시간이 흘러 다시 만나게 되자 기분이 묘했다.

눈가에 자리 잡고 있는 주름이 조금 더 깊어지기는 했지만 고문도의 얼굴은 그 당시와 거의 변하지 않았다.

그러나 상황은 많이 달라져 있었다.

당시에 높은 곳에서 내려다보며 진가흔에게 파문을 명하던 고문도는 오늘 이곳에 부탁을 하기 위해 찾아와 있었다.

고문도는 급한 입장이었고 반면 진가흔은 느긋했다.

당연히 이 만남의 주도권을 움켜쥐고 있는 것은 진가흔이었다.

그래서일까.

포권조차 취하지 않고 오랜만이라는 가벼운 인사말을 던지는 진가흔의 언행은 무례하게 느껴질 만도 했건만, 고문도는 불쾌한 기색을 전혀 내비치지 않았다.

"그래, 오래간만이로군."

오히려 먼저 포권을 취하며 진가흔을 바라보았다.

다탁을 사이에 두고 부딪치는 시선.

서로의 시선에 담긴 감정은 무척이나 달랐다.

무심함을 가장하고 있었지만 고문도의 시선에는 조급함이 담겨 있었다.

그에 반해 담담하게 가라앉아 있는 진가흔의 시선에는 느긋함이 느껴졌다.

"이렇게 만나게 되니 다시 그날의 일이 떠오르는군요."

"쉽게 잊기는 힘들었겠지."

"제 숨이 붙어 있는 한 잊지 못할 겁니다."

진가흔의 목소리에 힘이 실렸고, 고문도가 그럴 줄 알았다는 듯이 고개를 끄덕였다.

그리고 이어지는 침묵.

답답한 공기가 방 안을 채웠다.

약 반 각에 걸쳐 이어지던 침묵을 먼저 깬 것은 진가흔이었다.

"할 말이 없으면 이만 돌아가시지요."

진가흔은 미련없이 신형을 일으켜 떠나려 하는 것을 확인하고서 고문도의 표정이 다급하게 변했다.

"돌아오게."

"돌아오라?"

"화산의 품은 생각보다 훨씬 넓다네. 비록 서로 간에 있었던 오해로 인해서 사이가 틀어졌다고는 하나 자네를 품을 정도는 되네."

마치 선심이라도 쓴다는 듯한 표정으로 고문도가 제안했다.

당장에 그 자리를 박차고 나오고 싶었지만, 진가흔은 걸음을 떼려던 것을 멈추고 고문도를 응시했다.

"정말 날 품을 자신이 있소?"

"물론이네."

"난 진가흔이오."

"……?"

"다정기협 소연신을 죽인 것이 바로 나요. 그런데도 화산이 날 품을 수 있다고 그렇게 자신있게 말할 수 있소?"

진가흔의 질문은 고문도를 당혹스럽게 만들 정도로 예리했다.

그리고 말문이 막힌 채 찻잔을 매만지던 고문도는 한참만에야 결심을 굳힌 듯 입을 열기 시작했다.

"다정기협 소연신을 죽인 것은 자네가 아니네."

"그럼 누구요?"

"딱히 누구라고 단정 짓기는 어렵네."

"……?"

"굳이 말하자면 소연신이 무림맹주가 된다는 사실을 부담스러워한 구파일방이 모두 관여했다고 할 수 있지."

고문도의 대답은 모호한 면이 없지 않았다.

하지만 진가흔은 고개를 끄덕였다.

다정기협 소연신은 구파일방 출신이 아니었다.

게다가 갓 마흔을 넘겼으니 무척이나 젊은 편이라 구파일방 중심으로 일방적으로 흘러가고 있는 현 강호에 대해서 상당한 반감을 가지고 있었다.

그런 그가 무림맹주 자리에 앉는다는 것이 구파일방이 부담을 느낀 것은 당연했을 터.

이미 진가흔도 어느 정도 짐작하고 있었던 답이다.

"하지만 세상은 그 진실을 모르고 있소. 세상 사람들은 여전히 내가 다정기협 소연신을 죽였다고 알고 있소."

"자네가 쓴 것은 억울한 누명일세."

고문도가 지체없이 대답하는 것을 듣고서 진가흔이 숨을 들이켰다.

누명이라 주장했다.

자신은 소연신과 일면식도 없는 사이라고 끊임없이 세상에 소리쳤다.

하지만 진가흔의 말에 귀를 기울여 주는 사람은 없었다.

숨이 턱까지 차오를 정도로 지긋지긋하던 도주.

몇 번이나 포기하고 싶다는 생각을 했을 정도다.

그럼에도 불구하고 포기하지 않았던 이유는 억울해서였다.

누명을 벗고 싶었다.

그리고 긴 시간이 흘러 마침내 그 기회가 찾아왔다.

"그 말을 당신 입으로 듣다니 기분이 새롭구려."

"사실을 밝혔을 뿐이네. 그리고 난 자네가 뒤집어쓴 그 억울한 누명을 벗겨줄 생각이네."

"어떤 방법을 쓸 생각이오?"

"화산의 이름으로 강호에 공표할 생각이네, 다정기협 소연신을 죽인 것이 자네가 아니라는 것을."

이미 결심을 굳힌 듯 고문도는 망설이지 않고 대답했다.

그 대답을 듣고서 진가흔이 의미심장한 웃음을 머금었다.

"물론 원하는 것이 있을 듯한데."

"왜 그리 생각하는가?"

"세상에 공짜는 없으니까."

아무런 말도 없이 앉아 있는 고문도를 힐끗 살핀 진가흔이 덧붙였다.

"화산을 대신해서 흑천의 천주인 위무성과 싸워주기를 원하고 있겠지."

고문도가 슬쩍 미간을 찌푸렸다.

하지만 딱히 기분이 상한 표정은 아니었다.

"틀린 말은 아닐세."

“내 짐작이 틀리지 않았구려.”

“하지만 이건 꼭 화산을 위한 것이 아닐세. 자네가 다정기협 소연신의 죽음과 무관하고 누명을 썼을 뿐이라는 것을 화산의 이름으로 공표하기 위해서는 일단 화산이 건재해야 할 것이 아닌가?”

“말은 번지르르하구려.”

“서로에게 도움이 되는 것일세. 도랑 치고 가재 잡는 셈이지.”

고문도가 힘주어 말했다.

그런 그의 얼굴에는 지금 자신이 꺼낸 제안을 진가흔이 절대 거부하지 못할 것이라는 확신이 서려 있었다.

하지만 그런 그의 표정은 금세 당혹감으로 물들었다.

“거절하겠소.”

진가흔의 대답은 그의 예상을 벗어났다.

일말의 망설임도 없이 거절한 후 자리를 박차고 일어나는 진가흔의 모습을 보고서 비로소 고문도의 얼굴에서 여유가 사라졌다.

“그리 쉽게 결정을 내릴 문제가 아닐세. 좀 더 생각해 보게.”

“머리에 쥐가 날 정도로 충분히 생각한 후에 내린 결정이오.”

“이보게, 자운.”

고문도가 황급히 자리에서 일어났다.

그리고 소맷자락까지 붙잡았지만 진가흔의 반응은 여전히 차가웠다.

"난 자운이 아니오."

소맷자락을 꽉 움켜쥐고 있는 고문도의 주름진 손을 거칠게 뿌리치며 진가흔이 무심한 목소리로 대꾸했다.

"하지만……."

"화산의 도적에서 삭제된 순간 난 화산을 버렸소."

"뭔가 오해가……."

"오해 따윈 없소."

고문도의 손을 뿌리친 진가흔이 성큼성큼 걸음을 옮겼다.

그 모습을 확인하고서 고문도의 안색이 창백하게 질렸다.

위기에 처한 화산.

그 화산을 구해줄 유일한 구명줄이라고 생각했던 진가흔의 반응은 고문도의 예상과 전혀 달랐다.

그리고 이렇게 넋을 놓고 있을 수는 없었다.

쿵.

고문도가 바닥에 무릎을 꿇었다.

그 소리를 듣고서 걸음을 멈춘 진가흔이 고개를 돌리자, 고문도는 침통한 얼굴로 서둘러 말했다.

"나의 실수를… 인정하네."

"……."

　"화산의 장문인으로서 화산을 대표해서 자네에게 사과하겠네."

　치욕스러워서일까.

　그 말을 꺼내고 있는 고문도의 얼굴은 붉게 달아올라 있었다.

　그리고 아직 끝이 아니었다.

　진가흔이 두 눈에서 이채를 발하며 바라보고 있는 사이, 고문도가 여전히 무릎을 꿇은 채 말했다.

　"화산을… 위험에 처한 화산을 도와주게."

　그의 목소리는 가늘게 떨리고 있었다.

　그러나 가식은 느껴지지 않았다.

　유능하든 무능하든 간에 고문도는 화산을 이끌어가고 있는 장문인.

　흑천이란 단체로 인해서 위험이 지척으로 다가온 지금의 상황에 곤혹스러움을 느끼고 필사적으로 방법을 찾는 것은 어찌 보면 당연한 일이었다.

　진가흔은 가타부타 대답하지 않고 바닥에 무릎을 꿇은 채 부탁하고 있는 고문도를 가만히 바라보았다.

　그런 고문도를 응시하다 보니 기분이 묘했다.

　기시감이랄까.

　지금의 상황은 그날과 비슷했다.

　높은 곳에 앉아서 강제로 무릎이 꿇린 채 주저앉아 있던 진가흔을 오연한 시선으로 내려다보던 고문도.

비록 자신의 인생이지만 진가흔이 끼어들 틈은 없었다.

무소불위의 권력을 가진 고문도의 판단에 의해 진가흔의 인생은 하나부터 열까지 모든 것이 달라졌었다.

그리고 시간이 흐른 지금, 그 상황은 정확히 반대로 바뀌어 있었다.

눈앞에서 무릎을 꿇고 있는 것은 화산의 장문인인 고문도.

그런 그를 눈 아래도 내려다보고 있는 것은 진가흔이었다.

아마 지금쯤 고문도도 잔뜩 긴장하고 있으리라.

비록 억울한 일이겠지만 고문도가 할 수 있는 것은 없었다.

화산의 운명이 지금부터 흘러나올 진가흔의 한마디에 달렸다는 사실을 알고 있기에 숨조차 제대로 쉬지 못하고 있는 것이리라.

"자운이란 도호는 잊은 지 오래요."

"그리 성급하게……."

"그리고 자운이란 도호가 화산의 도적에서 사라진 것도 상관없소. 하지만 명현(明賢)이란 도호가 사라진 것은 참을 수 없소."

명현이란 도호는 다름 아닌 스승님의 도호.

예상치 못한 도호가 흘러나오자 잠시 움찔했던 고문도는 더 망설이지 않고 대답했다.

"화산의 도적에 그 도호를 다시 올리겠네. 그리하면 마음.

이 풀리겠는가?"

"아직 부족하오."

"그럼?"

"박탈했던 장로 직을 되찾아주시오. 할 수 있소?"

"그리하겠네."

"그리고……."

"또 무엇인가?"

"난 화산이 지긋지긋했소. 솔직히 말하면 화산 근처에는 발도 들이고 싶지 않으니까. 하지만 스승님은 달랐소. 주류를 따르지 않았다는 이유로 평생 멸시만 받았는데도 화산을 사문이라 여기며 돌아가셨소. 그리고 마지막 순간까지도 화산을 그리워하셨소. 난 스승님이 화산으로 돌아가셨으면 하오."

화산의 전각이 보이는 산등성이에 묻혀 있는 스승님이 마음에 걸렸다.

그렇게 먼 곳에서 바라만 보시지 말고 그토록 돌아가고 싶어하셨던 화산의 품에 스승님을 묻고 싶었다.

"그리하겠네."

"어려운 부탁인데 들어줘서 고맙소."

잠시 후 흘러나온 고문도의 대답을 듣고서 진가흔이 만족스레 웃었다.

"이제 더 원하는 것이 없다면 화산을 도와주게."

　그리고 고문도가 다급한 표정으로 덧붙였지만 진가흔은 고개를 흔들었다.

　"하나 더 남았소."

　"또 무엇인가?"

　"내가 다정기협 소연신을 죽인 것이 아니라 구파일방이 죽이고 나서 누명을 씌운 것이라고 먼저 공표해 주시오."

　"하지만……."

　지금껏 군말없이 부탁을 들어주었던 고문도가 처음으로 난색을 표했다.

　그리고 그가 난색을 표하고 있는 이유가 무엇인지 알고 있었지만, 진가흔은 조금도 망설이지 않았다.

　"만약 당신이 받아들이지 않는다면 난 화산을 돕지 않겠소."

　쉽게 결정을 내리기 쉽지 않은 듯 고문도가 미간을 찌푸렸다.

　하지만 진가흔은 느긋했다.

　주도권을 쥐고 있는 것은 자신이었고, 고문도는 결국 이 제안을 받아들일 수밖에 없다는 것을 알고 있었기 때문이다.

　그리고 그 짐작은 빗나가지 않았다.

　"자네의 제안을 받아들이겠네."

　고문도가 긴 망설임 끝에 꺼낸 말을 듣고서 진가흔이 만족스레 웃었다.

긴 시간 동안 그의 뒤를 따라붙었던 억울한 누명이 마침내 벗겨진다는 사실로 인해서.

"나도 화산을 돕겠소."

그 말을 듣고서야 비로소 표정이 밝아지는 고문도를 바라보며 진가흔이 의미심장한 웃음을 지었다.

*   *   *

자그마한 초옥.

"집을 팔까?"

자신이 기거하고 있는 초옥의 모습을 머릿속으로 떠올리고 있던 연자경이 쓰디쓴 웃음을 머금었다.

겨우 두 칸의 방이 전부인 초옥이다.

게다가 그 두 칸의 방도 성인 두 명이 드러누우면 비좁을 정도로 좁았다.

이런 자그마한 초옥을 판다고 해서 얼마나 받을 수 있을까.

천운이 닿아 좋은 주인을 만난다 하더라도 은자 수십 냥에 불과할 터였다.

작금은 부패한 세상이었다.

그리고 그것은 관료들의 세상도 마찬가지였다.

작은 청탁이라도 하려면 뇌물이 필요했다.

이 집을 팔아서 받게 될 은자 수십 냥은 뇌물 축에도 끼지 못할 터다.

　게다가 연자경이 하려는 청탁은 작은 것이 아니었다.

　"한 번 버린 자존심인데 두 번은 버리지 못할까?"

　연자경의 입가로 자조 섞인 미소가 스치고 지나갔다.

　집을 판 돈으로 해결될 문제가 아니었다.

　이번 청탁을 성사시키기 위해서는 그가 자신의 목숨보다 소중히 여기는 자존심을 버려야 할 터였다.

　아니, 설령 자존심을 버린다 하더라도 성사될 것이라는 장담을 할 수 없었다.

　이미 한 번 버렸던 자존심인만큼 그 값어치는 많이 떨어졌을 테니까.

　가슴이 답답해졌다.

　그리고 이대로 모른 척 진가흔의 부탁을 외면해 버리고 싶었지만 연자경은 그리할 수가 없었다.

　오른손을 들어 코로 가져갔다.

　맞잡은 손에 전해지던 뜨거웠던 열기.

　지금 들어 올려 코앞으로 가져간 오른손에서는 아직도 진가흔의 손 내음이 남아 있는 듯한 착각이 들었다.

　"방법은 있지."

　뇌물을 바치고 자존심을 버려도 불가능하다면 남은 방법은 하나뿐이었다.

　바로 아버지의 이름을 파는 것이었다.

당금 황상의 스승이었던 아버지는 관직을 떠난 지 꽤나 오랜 시간이 지났지만, 여전히 관부에 미치는 영향력은 대단했다.

황상마저도 아버지의 말에 귀를 기울이는 상황인데 어느 누가 아버지의 부탁을 거절할 수 있을까.

하지만 아버지에게 직접 부탁할 수는 없었다.

그 부탁을 꺼냈다가는 거절할 것이 틀림없으니까.

"경을 치르겠군!"

뒤늦게 이 사실을 알아채고 난 후에 노발대발하며 화를 내실 아버지의 모습이 눈앞에 선했다.

그러나 연자경은 멈출 수가 없었다.

누군가에게 부담을 주는 것을 죽기보다 싫어했던 진가흔이 처음으로 꺼낸 부탁.

누구보다 진가흔을 믿고 따랐던 연자경은 설령 아버지의 분노를 접하는 한이 있더라도 이 부탁을 들어줄 생각이었다.

"금의위 영반 어르신을 만나기를 청하오."

"누구시오?"

"내각 종칠품 중서사인(中書舍人) 직을 맡고 있는 연자경입니다."

중서사인은 내각의 수장인 대학사의 보좌 역할을 맡는 직책.

주로 황제의 명령을 포고하는 제칙방(制勅房)과 황제에게

올라오는 문서를 관리하는 고칙방(誥勅房)에서 근무하며 높은 관직이라 할 수는 없었다.

관직을 버리기 전의 연자경의 품계보다도 낮았다.

그리고 금의위 무사에게서 돌아온 대답은 예상대로였다.

"약조는 되어 있소?"

"없습니다."

"무슨 사유로 영반 어르신을 만나기를 청했는지는 알지 못하나 영반 어르신은 미리 약조하지 않고 만날 수 있는 분이 아니오."

더 이상 할 말이 없다는 듯 금의위 무사의 목소리는 무뚝뚝했지만, 연자경은 쉽게 포기하지 않았다.

"말씀이라도 올려주시오."

"어허, 소용없다 하지 않았소?"

"제 소개를 다시 하지요. 한림원 학사였던 연지현 학사의 자제인 연자경이 금의위 영반 어르신을 뵙기를 청합니다."

귀찮다는 듯이 미간을 찌푸리고 있던 금의위 무사의 표정이 변했다.

"방금 뭐라고 했소?"

"제 아버님을 대신해서 금의위 영반에게 드릴 말씀이 있습니다."

"잠시만… 여기서 기다리시오. 금방 말씀을 올릴 테니."

금의위 무사의 반응은 조금 전과는 판이하게 달랐다.

하지만 탓할 생각은 없었다.

이게 작금의 세상이었으니까.

그리고 연자경이 원한 것도 이것이었으니까.

기다리란 말을 몇 번이나 남긴 후 허둥대면서 안으로 달려 들어 가는 금의위 무사를 보며 연자경은 아버지의 영향력이 대단하다는 것을 다시 한 번 느꼈다.

씁쓸한 기분이 들었지만 이내 고개를 흔들어 상념을 떨쳐 냈다.

그런 연자경이 결의에 찬 표정을 지었다.

진가흔에게 진 빚.

지금이 그 빚을 조금이라도 갚을 수 있는 유일한 기회였다.

第七章

차선(次善)

暗帝血路 암제혈로

"어딜 그리 바삐 다녀오시오?"

반질반질한 머리를 긁적이며 다가온 황두호가 못마땅한 표정으로 건넨 말을 듣고 백천유가 슬쩍 미간을 찌푸렸다.

비록 예상치 못했다 하나 황두호가 찾아온 것이 특별한 일은 아니었다.

그러나 마음에 걸리는 것이 있어서인지 불편한 것은 어쩔 수 없었다.

"여긴 어쩐 일이오?"

"나도 명색이 하오문도인데 임시 문주를 찾아오면 안 되는 법이라도 있소?"

“전할 말이 있는 거요?”

“딱히 그런 건 아닌데…….”

“……?”

“내 직감이 좀 이상해서 말이오.”

황두호가 의미심장한 눈빛을 보냈다.

그리고 그 시선을 마주한 백천유는 심장이 덜컥 내려앉는 느낌을 받았지만 애써 내색하지 않고 되물었다.

“무엇이 이상하단 말이오?”

“요즘 들어 임시 문주의 외출이 부쩍 잦아진 것 같던데. 공사가 다망한 걸로 알고 있는데 어딜 그리 쏘다니시는 것이오?”

“아직 하오문의 조직 체계가 잡히지 않아 직접 움직이며 점검하고 있는 중이오.”

“그래요?”

백천유는 지체하지 않고 대답했지만, 황두호는 여전히 미심쩍은 표정이었다.

“좀 특이하구려.”

“뭐가 말이오?”

“하오문의 조직 체계를 점검한다는 임시 문주께서 왜 밤마다 낙랑골에 들렀다가 아침이 되어서야 돌아오는 것이오?”

황두호는 특유의 이죽거리는 미소를 짓고 있었다.

그리고 그 이야기를 듣는 순간, 백천유의 낯빛이 창백하게 변했다.

황두호가 찾아온 것은 우연이 아니었다.

게다가 지금 꺼낸 말도 어림짐작이 아니었다.

이미 많은 것을 치밀하게 조사한 후 찾아온 것이다.

'위험하다!'

거칠어지려는 호흡을 간신히 다스리며 백천유는 애써 태연을 가장했다.

"무슨 말인지 모르겠구려."

"정말 몰라?"

"그렇소."

"전에 낙양에는 낙양만의 방식이 있다고 했지? 그런데 항주에도 항주만의 방식이 있지. 우리 항주에서는 추측 따위는 하지 않아. 뭔가 의심쩍은 것이 있으면 무슨 수를 쓰더라도 파고들어서 알아내지. 지난 일주일간 낙랑골에 대해서 좀 알아봤는데 재밌는 사실을 발견했어."

"무엇이오?"

"현재 낙랑골에 있는 퇴기의 수는 모두 오십두 명. 그 퇴기들이 하루에 받는 손님의 수는 평균 일곱이 넘지. 그런데 말이야, 그 오십두 명의 퇴기 중에 한 명의 퇴기는 하루에 한 명의 손님만을 받더군."

"미색이 특히 떨어지는가 보구려."

"아니, 고급 손님만을 받더군."

"그 고급 손님이 누구요?"

"하오문의 임시 문주."

매섭게 노려보며 황두호가 꺼낸 대답을 듣고서 백천유의 머릿속이 아득하게 변했다.

수련을 갖고 싶다는 욕심에 눈이 멀어서 경솔했다.

그래서 황두호가 미행을 하고 낙랑골을 은밀히 조사하고 있었다는 사실은 꿈에도 눈치채지 못했다.

"왜 날 미행했소?"

"형님의 명령이었지."

"진가흔 그자가 왜 그런 명령을 내린 것이오?"

"네놈을 의심했기 때문이지."

무슨 이유일까.

백천유가 영문을 알지 못해서 눈을 가늘게 뜨자 황두호가 설명하듯 덧붙였다.

"하오문의 정보력을 총동원해서 수련이라는 기녀를 찾으라 부탁했는데 전혀 진전이 없었지. 일개 기녀도 아니고 낙양 분타의 기문 문주까지 맡았던 여인을 찾아내지 못한다는 게 상식적으로 이해가 가지 않는 일이 아닌가? 그래서 형님은 당신을 의심했지. 당신이 뭔가를 감추고 있을 거라고. 그리고 그 예상은 빗나가지 않았지."

"……"

"차라리 닮은 여인의 시체 하나를 구해서 죽었다고 말했다

면 의심하지 않았을 텐데. 무척이나 치밀한 줄 알았는데 이번
일 처리는 꽤나 엉성했어. 하긴 사랑에 빠지면 허점을 드러내
는 것이 남자라는 족속이지."

　신랄한 비판이었지만 백천유는 아무런 변명도 하지 못했
다.

　지금 황두호의 말은 틀린 것이 없었다.

　사랑에 눈이 멀어버려 신중하지 못했던 자신의 실수다.

　그리고 백천유는 지난 실수에 연연하는 성격이 아니었다.

　실수를 인정하고 그 실수로 인해 닥친 상황을 어떻게든 타
개하는 것에 모든 신경을 기울이는 성격이었다.

　'상황은 최악. 하지만 실수를 범한 것은 나만이 아니지.'

　변명의 여지조차 없는 최악의 상황.

　하지만 황두호도 커다란 실수를 범했다.

　지금 이곳에 혼자 찾아왔다는 것이 바로 그의 실수였다.

　'살인멸구!'

　긴 말이 필요없었다.

　이미 황두호의 무공 수위에 대해 알고 있었던 만큼, 머릿속
에 그 생각이 떠오르는 순간 바로 실천으로 옮겼다.

　백천유가 왼손을 번쩍 들어 올리는 순간, 암중에서 호위하
고 있던 비영대 넷이 일제히 모습을 드러냈다.

　번쩍.

　황두호의 머리를 반으로 갈라 버릴 기세로 떨어져 내리는

검신.

'끝났군!'

백천유의 입가로 득의의 미소가 떠올랐다.

하지만 그 미소는 떠오르기가 무섭게 사라졌다.

쩌엉.

금방이라도 황두호의 머리를 쪼갤 기세로 매섭게 떨어져 내리던 검신이 홀연히 나타난 거도에 막혔다.

그리고 그게 전부가 아니었다.

하연춘의 손에 들린 피처럼 붉은 두 자루의 겸이 모습을 드러낸 비영대원들을 노리고 파고들고 있었다.

예상치 못한 상황에 백천유의 표정이 굳어질 때, 여유를 되찾은 황두호가 히죽 웃으며 말했다.

"혼자 사지로 걸어 들어올 정도로 멍청하지는 않아."

*　　*　　*

"하아! 하아!"

끈적한 교성.

"어서, 어서 더 빨리. 나 더는 못 참겠어."

열기에 찬 목소리.

"동전 닷 문 내고 언제까지 할 거야?"

나른한 음성으로 이어지는 채근까지.

퇴기들이 모여 있는 낙랑골의 골방에 틀어박혀 있다 보면 언제나 들을 수 있는 목소리들이었다.

무릎을 모은 채 방 안에 고즈넉이 앉아 있던 수련이 손을 들어 입술로 가져갔다.

그가 살아 있다는 사실만으로 좋았다.

그리고 다시 자신을 찾아와 준 것이 그렇게 고마울 수가 없었다.

처음 그의 목소리를 들었을 때, 떨리는 마음을 주체할 수가 없었다.

숨결이 맞닿을 정도로 가까이 다가왔을 때 숨이 멎는 줄 알았다.

가만히 잡아주던 그의 손은 뜨거웠다.

차갑게 얼어붙어 버렸던 가슴을 다시 녹였을 정도로.

입을 맞추는 순간, 죽어버렸다 생각했던 심장이 다시 뛰기 시작했다.

하지만 그도 잠시, 달아올랐던 심장은 차갑게 얼어붙어 버렸다.

그가 아니었다.

체취가 달랐다.

비록 눈으로 확인하지 않는다 하더라도 그가 내뿜은 거친 숨결에서 전해지는 뜨거움이 달랐다.

하지만 거부하지 못했다.

그의 가슴을 밀쳐 내지도 못했다.

'백천유!'

숨을 죽인 채로 시간이 흘러가기만을 기다렸다.

그리고 마침내 그가 사라졌을 때 비로소 참았던 울음이 터져 나왔다.

다른 생각은 없었다.

비참하고 서러운 심정에 죽고 싶은 마음뿐이었다.

그로부터 일주일이 지난 지금도 그 마음은 변하지 않았다.

품속을 뒤졌다.

그런 그녀의 손에 비수가 잡혔다.

언젠가 이런 순간이 찾아오면 사용하기 위해 준비해 두었던 비수.

비수를 꺼내 손목으로 가져갔다.

하지만 쉽게 손목을 긋지 못하고 망설였다.

미련일까.

아니면 아쉬움일까.

자격이 없다는 것을 알면서도 마지막으로 한 번만 그를 보고 싶었다.

다시 한 번 그의 품에 안기고 싶었다.

그러나 그건 헛된 바람일 뿐.

수련의 입가로 쓸쓸한 미소가 떠올랐다.

그리고 입술을 질끈 깨문 수련이 왼쪽 손목 위에 대고 있던 비수에 힘을 더했다.

*　　　*　　　*

　전 강호의 이목이 화산으로 쏠렸다.

　서문세가를 시작으로 구대문파 중 두 곳인 종남파와 소림사를 무너뜨린 흑천의 세력이 다음으로 향하는 곳이 화산이라는 소문이 돌았기 때문이다.

　그런 화산파를 바라보는 강호인들의 시선은 두 가지였다.

　하나는 구대문파 중 두 곳인 종남파와 소림사가 흑천의 저력을 감장하지 못하고 일방적으로 무너졌는데 화산이라도 다를 바가 없을 것이라는 비관이었다.

　그리고 나머지 하나는 종남파와 소림사와 부딪치면서 흑천의 전력도 손실이 많았던 만큼 전통의 명문 대파인 화산이라면 다를지도 모른다는 낙관이었다.

　그렇게 강호인들의 이목이 집중된 상황에서 화산은 예고도 없이 강호인들을 충격으로 몰아넣을 공표를 했다.

　다정기협 소연신을 죽인 범인으로 지목되었던 삭명살수 진가흔은 범인이 아니다. 그는 억울한 누명을 쓴 것뿐이다. 다정기협 소연신을 죽인 진짜 흉수는 그가 무림맹주 직위에 오르는 것을 탐탁지 않게 여겼던 구파일방의 수뇌부들이다. 화산의 장문인으로서 아무 죄도 없는 자에게 억울한 누명을 씌웠던 사실에 대한 죄책감을 깊이 느껴 지금에서야 진실을 밝힌다.

　더 이상의 부연 설명은 없었다.
　하지만 이 내용만으로도 차고 넘쳤다.
　그 소식을 접하자마자 이미 멸문하거나 멸문에 가까운 피해를 입은 종남파와 소림사를 제외한 나머지 문파들이 즉각 사실이 아니라는 발표를 했다.
　그러나 강호인들의 시선은 싸늘했다.
　그리고 거기에 의혹을 키운 것이 개방이었다.
　다른 문파들과 달리 개방은 화산의 공표가 있은 후 꽤나 시간이 흘렀음에도 긍정도 부정도 하지 않고 조용했다.
　폭풍전야와 다를 바 없는 고요함.
　강호인들의 시선이 이번에는 개방으로 쏠렸다.
　화산과 다른 문파들의 주장이 대립하고 있는 상황에서 정확한 진실을 알고 싶어하는 강호인들은 개방에 줄기차게 요구했다.
　화산의 장문인이 공표한 것이 사실인지 밝혀달라고.
　그리고 침묵으로 일관하고 있던 개방의 용두방주는 진실을 요구하는 강호인들의 요구가 극에 달할 즈음 마침내 입을 열었다.

"진가흔은 다정기협 소연신을 죽인 자가 아니오. 화산 장문인의 주장대로 다정기협 소연신을 죽인 진짜 흉수는 구파일방의 수뇌들이오. 나 역시 그 책임에서 자유로울 수 없소. 해서 이번 기회를 통해 개방의 용두방주 자리를 후개에게 물려주겠다는 말씀을 미리 알려 드리겠소. 그리고 한 말씀 더 드리자면, 화산의 장문인이 얼마 전에 공표했던 것이 이번 사건의 전모는 아니오. 다정기협 소연신을 죽이고 삭명살수 진가흔에게 그를 살해했다는 억울한 누명을 씌우는 과정에 관여한 또 다른 자가 있소."

이번 용두방주의 고백은 더욱 충격적이었다.

지금껏 화산의 장문인인 고문도의 공표가 거짓이라고 목청껏 주장했던 다른 문파의 인물들이 일제히 입을 닫았다.

그에 반해 구파일방을 바라보는 강호인들의 시선은 더욱 싸늘하게 변했다.

그동안 철저히 믿고 의지하고 있었기에 강호인들이 구파일방에게 느끼는 배신감은 더욱 컸다.

그래서일까.

들불처럼 거세게 민심이 들끓었다.

그 중심에는 구파일방에 의해 억울한 누명을 쓰고 강호 공적으로 선포된 채 죽었다고 알려진 진가흔이 있었다.

하지만 아직 끝이 아니었다.

흑천이란 단체가 무림 일통을 목적으로 움직이는 것을 막

기 위해서 무림의 일에 상관하지 않는다는 관이 움직인다는
소문.

미풍처럼 소리없이 그 소문이 강호로 번지기 시작했다.

                    *   *   *

이제 겨우 열다섯이나 되었을까.

화산의 산문 앞을 지키고 서 있는 아직 앳된 소년의 모습을
확인하고서 위무성이 걸음을 멈추었다.

화산의 도복.

소매 끝에 새겨진 선명한 매화 문양.

그리고 검신에 새겨진 화산의 표식까지.

소년은 화산의 제자로서 당당히 버티고 선 채로 화산의 산
문을 지키고 있었다.

하지만 밀려드는 두려움은 어찌할 수 없는 것일까.

두 손으로 꽉 움켜쥐고 있는 장검은 가늘게 떨리고 있었다.

그뿐이 아니었다.

"화산에 오르기 위해서는 먼저… 날 죽여야 할 것이다."

간신히 쥐어짜 내고 있는 목소리도 떨리고 있는 것은 마찬
가지였다.

쉬지 않고 흔들리는 눈동자.

그리고 검신에서 시작된 떨림이 두 다리로 이어진 것을 확

인하고서 위무성이 코웃음을 칠 때였다.

슈악.

슈아악.

위무성의 등 뒤에서 바람 소리가 일었다.

굳이 명령을 내리지 않았음에도 불구하고 천의 무인들이 화산의 산문을 막고 서 있는 소년을 향해 신형을 날린 것이었다.

무시무시한 살기를 뿜어내며 소년을 향해 날아드는 두 명의 무인.

그 살기에 질려서일까.

소년이 떨어지지 않는 발걸음을 간신히 떼며 뒤로 물러났다.

여전히 검을 곧추세우고 있었지만, 소년은 휘두를 엄두도 내지 못했다.

주춤거리며 뒤로 물러나던 소년은 기어이 돌부리에 걸려 뒤로 넘어졌다.

챙그랑.

소년의 손에 들려 있던 검이 바닥으로 떨어졌다.

안색이 백짓장처럼 하얗게 변한 소년이 코앞으로 다가온 검신을 보고 두 눈을 질끈 감아버릴 때였다.

"그만!"

위무성의 짤막한 한마디가 끝나자마자 소년의 목을 단숨

에 잘라 버릴 기세로 떨어져 내리던 두 자루의 검신이 일제히 멈추었다.

언제 그랬느냐는 듯이 두 사내가 다시 본래의 위치로 돌아온 후, 두 눈을 질끈 감고 있던 소년이 눈을 뜨고 어리둥절한 표정을 지었다.

그런 소년과 위무성의 시선이 부딪쳤다.

위무성에게서 은연중에 뿜어져 나오고 있는 기세를 감당키 어려워서인지 소년의 어깨가 움츠러들었다.

그리고 겁에 질린 소년이 본능적으로 뒤로 물러나려 할 때, 위무성이 소년의 앞으로 다가가며 질문했다.

"넌 누구냐?"

"난… 나는……."

"겁먹지 말고 편히 말하거라."

"난… 화산의 제자인 연성이오."

기세에서 밀리고 싶지 않은 듯 더듬거리면서도 억지로 쥐어짜 낸 목소리였지만, 두려움으로 인해 떨리는 것은 어쩔 수 없었다.

"연 자 항렬이라……. 너는 화산의 몇 대 제자냐?"

"삼대… 제자요."

"삼대제자라……."

위무성이 혀를 끌끌 찼다.

아직 앳되기만 한 소년의 얼굴을 통해 어느 정도 짐작하고

있었지만 실제로 아직 화산에 입문한 지 얼마 지나지 않은 삼
대제자란 이야기를 직접 듣고 나니 어이가 없었다.

"고작 삼대제자 주제에 왜 네놈이 화산의 산문을 지키고
있느냐?"

"갖은 악행을 저지르고 있는 더러운… 흑천의 무리들이 감
히 화산의 산문을 넘어오는 것을 좌시할 수 없어서……."

스릉.

한껏 목청을 높여서 소리치던 소년은 흑천의 무인들이 더
이상 참지 못하고 일제히 살기를 뿜어내며 병장기를 빼내자
움찔하며 말을 멈추었다.

하지만 이번에도 위무성이 오른손을 들어 흥분한 흑천의
무인들을 제지시키며 소년을 바라보았다.

"아직 못다 한 말이 있다면 마저 해보거라."

"그게……."

"겁먹을 것 없다. 화산의 무인들을 대표해서 나선 사내대
장부라면 하고 싶은 말은 마쳐야지."

넌지시 꺼낸 위무성의 말에 비로소 용기를 얻은 듯 머뭇거
리기만 하던 소년이 크게 숨을 들이켠 후 하려던 말을 꺼냈
다.

"우리 화산의 절개를 보여주기 위해서 내가 나섰소!"

"화산의 절개라……."

마치 혼자서 수십 명의 적을 상대한 무인처럼 가쁜 숨을 몰

아쉬고 있던 소년이 조금 전 바닥에 떨어뜨렸던 검을 다시 주워 들었다.

그리고 그 검을 겨누고 있는 소년을 응시하던 위무성이 쓴 웃음을 머금었다.

"너는 검을 제대로 쥘 줄도 모르는구나."

"그게… 뭔가 오해를……."

"아무리 삼대제자라 하나 검조차 제대로 쥐지 못하는 놈을 내세워 화산의 절개를 보여주겠다라……."

부끄러움 때문일까. 안절부절못하고 있는 소년의 얼굴이 붉게 달아올랐다.

그러나 위무성은 오히려 그 소년을 위로했다.

"부끄러워할 것 없다. 어디 그게 네 탓이겠느냐?"

"나는… 그러니까 나는……."

"아직 검을 제대로 쥐는 법조차도 알지 못하는 것으로 봐서 삼대제자들 중에서도 가장 실력이 떨어지겠지. 그래서 화산의 장문인은 널 쓸모가 없다고 생각해서 칼받이로 내보냈겠지."

"……?"

"이번 싸움에 아무런 도움도 되지 않을 네 죽음을 통해서 화산 제자들의 분노를 끌어올리기 위해서."

위무성의 말이 이어질수록 소년의 얼굴에서는 점점 핏기가 사라져 갔다.

그리고 손에 들고 있던 검을 다시 바닥에 떨어뜨렸다.

"나는… 그러니까 나는 다른 아이들에 비해서 조금 모자라기는 하지만… 장문인의 명을 처음으로 받아서 화산의 절개를 지키기 위해서……."

반쯤 넋이 나간 표정으로 혼잣말을 중얼거리고 있던 소년이 말을 마치지도 못하고 바닥에 주저앉아 버렸다.

그런 소년을 응시하던 위무성이 앞으로 다가갔다.

스윽.

위무성이 손을 뻗어 소년의 머리 위로 가져갔다.

소년이 머리에 닿은 손을 느끼고 고개를 돌자 시선이 부딪쳤다.

여전히 반쯤 넋이 나간 멍한 두 눈을 바라보던 위무성은 지체하지 않고 소년의 머리 위에 얹어놓았던 손에 진기를 주입했다.

팍.

소년의 머리통이 으깨지며 허연 뇌수가 흘러내렸다.

영문도 모른 채 죽음을 맞이한 소년의 신형이 스르르 무너지는 것을 지켜보던 위무성이 차가운 웃음을 머금었다.

"이리하면 원하는 대로 남은 화산의 제자들의 분노를 일으킬 수 있겠지."

그리고 성큼성큼 걸음을 옮겨 화산의 산문을 통과하던 위무성이 고개를 절레절레 흔들며 덧붙였다.

"화산의 장문인은 정말 형편없는 자로군."

"아직 오지 않았는가?"
고문도의 얼굴에 초조한 기색이 떠올랐다.
무려 일천이 넘는 흑천의 무인이 화산의 산문을 통과하고 있다는 소식이 들려왔지만, 정작 그가 기다리는 진가흔은 아직 도착하지 않았다.
그리고 선두에 선 채로 다가오고 있는 위무성의 모습을 확인한 고문도가 혀를 내밀어 긴장으로 인해 바싹 말라 버린 입술을 훑었다.
그는 약속을 지켰다.
진가흔의 스승인 명현을 다시 화산의 도적에 올렸고, 박탈했던 장로 직도 다시 복원시켜 주었다.
어디 그뿐인가.
진가흔이 원한 대로 그가 다정기협 소연신을 죽인 범인이 아니고 단지 억울한 누명을 썼을 뿐이라는 공표까지 했다.
이번 일은 영원히 비밀로 하겠다는 구파일방의 수뇌부들과 혈서까지 쓰며 했던 맹세까지 저버린 채로.
그만큼 화산이 처한 상황이 급했다.
그런데 진가흔은 자신이 그 모든 약속을 어렵게 지켰음에도 불구하고 화산을 돕겠다는 약속을 지키지 않았다.
흑천의 무리가 화산의 산문을 넘고 있는 지금까지도 모습을 드러내지 않고 있는 것이 그 증거였다.

"속았군."

입맛이 썼다.

평소라면 절대로 이런 실수를 하지 않았을 터다.

하지만 화산이 처한 상황이 워낙 급해서 이런 실수를 범하고 말았다.

결국 화산이 얻은 것은 아무것도 없었고 많은 것을 잃기만 했다.

설령 흑천의 무인들과 벌일 이번 대결에서 승리한다 해도, 화산은 이미 너무 많은 것을 잃은 셈이었다.

아니, 이런 생각도 사치였다.

지금은 훗날을 생각할 때가 아니었다.

진가흔이 약속을 어기고 모습을 드러내지 않는 이상, 당장 닥친 이 위험을 넘기는 것도 불가능할 터였다.

'멸문!'

순간 머릿속으로 멸문이란 단어가 스치고 지나갔다.

하지만 이내 고개를 돌려 분노를 감당하지 못하고 투지를 불태우고 있는 제자들을 살피며 움츠러드는 마음을 추스렸다.

'최상의 선택이었어.'

도호가 연성이라 했던가.

솔직히 말하면 도호조차 제대로 기억나지 않았다.

다만 우연히 삼대제자들의 수련을 지켜보던 도중 가장 성취가 늦고 부족했기에 어딘가 모자란다는 생각을 한 적은 있었다.

그 아이라면 흑천 무리와의 대결에서 조금도 도움이 되지 않을 거라 판단하던 와중에 퍼뜩 떠오른 생각이었다.

비록 삼대제자에 불과했지만, 화산의 절개를 보여주기 위해 산문을 통과하는 흑천의 무인들을 단신으로 상대한다면 그 자체만으로도 화산의 제자들의 분노를 불러일으켜 사기를 일으키기에 충분할 것이라는.

그리고 그 계산은 정확히 맞아떨어졌다.

흑천의 무리에 대한 두려움으로 잔뜩 얼어 있던 아까와 달리, 지금 화산의 제자들은 투지를 불태우고 있었다.

'아직 포기하기는 이르지!'

그런 제자들의 모습을 확인하고 고문도가 다시 희망을 품었지만, 그 희망은 점점 다가오는 위무성을 보고 나서 흔적도 없이 자취를 감추었다.

굳이 드러내려 하지 않음에도 불구하고 은연중에 흘러나오는 패도적인 기세.

그 기세를 접한 고문도의 안색이 어두워졌다.

"형편없군."

고문도가 미간을 곤추세웠다.

　삼 장 정도 떨어진 곳까지 성큼성큼 걸어온 뒤 멈추어 선 위무성이 툭 내뱉은 말이 그의 신경을 긁고 있었다.

　그리고 이런 말을 듣고서 가만히 있을 수는 없는 노릇이었다.

　고문도는 화산의 장문인.

　화산을 모욕하는 듯한 언사를 듣고도 참고 넘긴다면 장문 인으로서의 최소한의 자격도 없는 셈이었다.

　"화산을 모욕하는 언사는 참을 수 없네."

　고문도가 진중한 표정으로 말했지만, 위무성은 뭔가 오해가 있었다는 듯이 고개를 흔들었다.

　"화산이 형편없다는 뜻이 아니야."

　"……?"

　"내가 형편없다고 말한 것은 바로 너야."

　위무성의 직설적인 비난을 접하고 고문도의 얼굴이 붉게 상기되었다.

　그리고 언성을 높이려 했지만 위무성이 더 빨랐다.

　"실력이 떨어지는 쓸모없는 제자 하나를 버려서 다른 제자들의 사기를 끌어올리려는 시도는 너무 치졸하고 눈에 보이더군."

　"그게 무슨 소리인가? 그 아이는 흑천의 무리에게 화산의 절개를 보여주기 위해 스스로 지원해서……."

　"검을 제대로 쥐는 법도 모르더군."

"……."

"나와 눈만 마주쳐도 겁에 질리는 아이를 화산의 절개를 보여주기 위해 내세웠다니, 어이가 없어서 웃음이 나올 뻔한 것을 간신히 참았어. 아무리 쓸모없는 아이라 하더라도 그리 매몰차게 버리는 것은 지나친 처사가 아닌가? 나조차도 하지 않는 비열한 짓을 고매하신 화산의 장문인이라는 양반이 할 줄은 꿈에도 몰랐어."

고문도가 위무성을 지그시 노려보았다.

마치 머릿속에 들어왔다 나온 것처럼 위무성은 자신의 속셈을 거의 완벽하게 꿰뚫어 보고 있었다.

아무런 변명도 하지 않고 가만히 있다가는 그 사실을 인정하는 셈이었기에 고문도가 뭔가 변명을 하려는 찰나였다.

"그것만이 아니더군."

"또 무슨 말이오?"

"암제라 불리는 진가흔을 끌어들여서 나를 상대케 하기 위해서 다른 구파일방의 수뇌들과 했던 맹세까지 저버렸더군."

"그건……."

"그리 두려운가?"

가뜩이나 상기되어 있던 고문도의 얼굴이 더욱 붉게 달아올랐다.

위무성이 툭툭 내뱉고 있는 말들은 정곡을 찌르고 있었다.

그래서 더욱 신경에 거슬렸다.

하지만 아직 끝이 아니었다.

"한마디도 변명을 꺼내지 못하는 것을 보니 모두 사실인가 보군. 생각보다 더 형편없는 자로군."

"함부로 그런 말을……."

"말만 앞세우면서 이리저리 재지 말고 싸우는 게 어때?"

위무성이 비꼬듯 한마디를 던졌다.

부들부들.

그 말을 듣고서 아까부터 검병 위에 얹어놓았던 고문도의 오른손에 힘줄이 불거지며 떨리기 시작했다.

당장에라도 검집에서 검을 빼내고 싶었다.

그리고 느긋하게 뒷짐을 진 채로 비웃음을 던지고 있는 위무성과 생사결이라도 벌이고 싶었다.

그러나 고문도는 애써 흥분을 가라앉혔다.

검병 위에 얹어놓았던 오른손까지 뗀 후 고문도는 오히려 뒤로 물러났다.

최선은 진가흔이 약속대로 등장해 위무성을 상대하는 것이었다.

하지만 진가흔은 나타나지 않았고, 고문도는 이런 상황에 처했을 경우의 대책도 세워놓은 후였다.

최선은 아니라 하나 차선.

고문도가 뒤로 물러나자마자 기도가 출중한 매화검수들이 기다렸다는 듯이 앞으로 나섰다.

"겁쟁이로군."

그리고 그 모습을 지켜보던 위무성이 코웃음을 치며 던진 한마디.

"정말 형편없는 놈이로군."

고문도의 이마 위의 혈관이 불거졌다.

하지만 그는 끝내 그 도발에 반응하지 않았다.

"큰소리칠 시간도 얼마 남지 않았네."

고문도는 자신이 차선책으로 준비한 것에 대한 믿음이 충분히 있었다.

지금 앞으로 나선 매화검수들이라면 위무성을 충분히 상대할 수 있을 터였다.

십방매화검진.

고문도를 대신해서 위무성을 상대하기 위해 앞으로 나선 매화검수의 수는 모두 열 명이었다.

화산이 자랑하는 매화검수들.

그 매화검수 중에서도 가장 성취가 뛰어난 열 명이 나서 펼치려는 검진은 바로 십방매화검진이었다.

그리고 십방매화검진은 절정고수를 상대하기 위해 창안된 검진.

언젠가 이런 날이 찾아올 것을 예감하고서 이들 열 명의 매화검수는 오랜 시간 동안 손속을 맞춰왔다.

이들이 펼치는 십방매화검진이라면 위무성이 아무리 뛰어난 고수라 해도 쉽게 감당하기 어려울 터였다.

굳이 말을 하지 않아도 미리 약조한 위치로 움직인 열 명의 매화검수가 각자의 위치에 서서 검을 빼 들었다.

하지만 위무성은 그때까지도 뒷짐을 진 채였다.

여전히 흘러넘치는 여유.

그 모습을 확인한 고문도가 미간을 찌푸렸다.

"그 오만을 곧 후회하게 될 것이다!"

참지 못하고 한마디를 던졌지만, 위무성은 피식 웃을 뿐이었다.

"과연 그럴까?"

어깨를 으쓱한 그가 뒷짐을 풀고서 허리에 걸린 검병으로 손을 가져갔다.

스르릉.

청아한 쇳성과 함께 검집에서 검신이 빠져나왔다.

그저 뒷짐을 풀고 검을 빼 든 것에 불과했지만, 위무성에게서 풍겨 나오는 기도는 일변했다.

은연중에 풍겨 나오던 압도적인 기세가 살을 엘 정도로 매서운 살기로 변해 있었다.

바닥으로 검을 늘어뜨린 채 포위하듯 자신을 둘러싸고 있는 매화검수들이 위치를 잡을 때까지 미동도 않고 기다리던 위무성이 슬쩍 눈살을 찌푸렸다.

"기껏 준비한 것이 이건가?"

"지금이야 그렇게 함부로 말할 수 있겠지만 어디 나중에도 그리 얘기할 수 있을지 두고 보겠소."

"고작 십방매화검진 따위로 내 피를 끓게 만들 수 있을까?"

고문도의 기대와 달리 위무성은 태연했다.

그리고 위무성의 입에서 흘러나온 말을 듣고 고문도는 놀람을 감추지 못했다.

칠앵검진, 목상진 등과 함께 십방매화검진은 화산파의 고유의 진법.

그중에서 칠앵검진이나 목상진은 강호에 자주 드러났던 반면, 십방매화검진은 거의 사용되지 않던 진법이었다.

그런 만큼 십방매화검진에 대해서 정확히 아는 사람은 드물었다.

아니, 화산의 제자가 아닌 외인들은 십방매화검진의 존재 자체도 모르는 이들이 태반이었다.

그런데 위무성은 십방매화검진을 금세 알아보았다.

그것도 매화검수들이 십방매화검진을 펼치기 위한 위치를 잡은 것만 보고서 알아챈 것이었다.

"어떻게… 십방매화검진이라는 것을 알아챘지?"

"왜, 놀라운가?"

"어떻게 알아냈는지 말하라고……."

"그렇게 재촉하지 말고 조금만 기다려 봐. 이제부터 더 놀라운 것을 보여줄 테니까."

고문도가 당혹스런 표정으로 추궁했지만 위무성은 순순히 대답하지 않았다.

그리고 위무성은 고문도가 더 이상 입을 열 기회조차 주지 않고 움직이기 시작했다.

타다다닷.

예상치 못한 순간에 펼쳐진 위무성의 신법은 빨랐다.

십방매화검진의 한가운데 우두커니 서 있던 신형이 희끗하게 변했다 싶은 순간, 어느새 위무성은 검과 하나가 되어 있었다.

챙.

채앵.

단 한 호흡.

숨 한 번 내쉴 짧은 시간에 불과했지만 위무성은 어느새 포위하듯 둘러싸고 있던 매화검수들과 한 번씩 손속을 섞었다.

그리고 언제 움직였느냐는 듯 원래의 위치로 돌아온 위무성은 호흡조차도 거칠어지지 않은 채 입을 뗐다.

"십방매화검진은 사람이 움직일 수 있는 열 개의 방위를 미리 점한 채 벗어날 수 없도록 가두는 검진. 아무리 뛰어난 무공을 가진 무인이라 하더라도 한 번 걸려들면 죽기 전에 벗어날 수 없다고 알려져 있지. 그래서 절정의 수위에 이른 무인 한 명을 상대하기에는 최고의 진법이란 말도 있지.”

“…….”

“그런데 말이야, 그건 다 개소리야.”

“감히…….”

“지금부터 증명해 주지, 그게 다 개소리라는 것을.”

위무성의 목소리에는 자신감이 흘러넘쳤다.

그리고 그는 조금 전 장담했던 대로 십방매화검진을 파훼하기 위해 다시 움직이기 시작했다.

그런 위무성이 가장 먼저 노린 것은 정면에 있던 매화검수.

쐐애액.

태산의 무거움이 담긴 일검을 간신히 받아낸 매화검수가 그 검에 실려 있던 경력을 해소하지 못하고 주춤거리며 뒤로 물러났다.

두 걸음 뒤로 물러나고 있는 매화검수를 노리고 위무성이 재차 검을 휘두르려 했지만, 그는 곧 검을 회수할 수밖에 없었다.

공격당하고 있는 매화검수가 아닌 다른 세 명의 매화검수가 동시에 매서운 공격을 펼쳤고, 위무성도 그 공격을 무시하지 못했다.

간신히 그 공격을 받아낸 위무성이 입술을 질끈 깨문 채 다시 검을 곧추세웠지만, 이미 매화검수들은 본래의 위치로 돌아간 후였다.

"기본은 잡혀 있군!"

흥미를 느껴서일까.

붉은 혀를 내밀어 바싹 말라 버린 입술을 훑던 위무성이 다시 신법을 펼쳤다.

이번에 그가 목표로 노린 것은 좌측에 서 있던 매화검수.

지체없이 휘두르는 그의 검은 매서웠지만, 지금 위무성을 상대하기 위해 나선 자들은 매화검수 중에서도 실력이 가장 출중한 자들이다.

위무성이 펼치는 공세는 꽤나 날카로웠지만, 쉽게 당하지 않고 공격을 받아냈다.

그리고 몇 번씩이나 그 공격을 막아낼 필요는 없었다.

단 한 번의 방어면 충분했다.

위무성이 주춤거리며 뒤로 물러나는 매화검수의 허점을 노리고 재차 공격을 펼치려 했지만, 그것을 순순히 내버려 둘 리가 없었다.

수세에 몰린 매화검수를 돕기 위해 다른 세 명의 매화검수가 나섰다.

그리고 나머지 여섯 명의 매화검수는 물 흐르듯 자연스레 움직이며 위무성이 움직일 수 있는 육합의 방위를 점하고 있었다.

조금 전과 거의 다를 바가 없는 상황.

공격을 펼쳤지만 아무런 이득도 얻지 못하는 상황이 이어지자 위무성의 눈매가 사납게 변했다.

그런 그의 표정에 답답한 기색이 떠올랐다.

모르긴 해도 십방매화검진을 깨부술 마땅한 방법을 찾지 못하기 때문이리라.

그 후에도 위무성이 몇 번의 공세를 펼쳤지만, 상황은 나아지지 않았다.

그는 여전히 아무런 이득도 취하지 못한 채 시간만 흘러가고 있었다.

"후후!"

그런 위무성을 가만히 지켜보고 있던 고문도가 기꺼운 마음을 참지 못하고 웃음을 흘려냈다.

조금 전까지 큰소리를 쳤지만 그것은 허세에 불과했다.

고문도가 알고 있는 십방매화검진은 거의 완벽한 검진이었다.

검진을 펼치고 있는 구성원들 사이에 호흡이 완벽하게 일치하는 경우, 어느 누구도 검진을 깨뜨리지 못했다.

성격이 급한 무인은 상황을 역전시키기 위해서 무리하게 공격을 펼치다 스스로 허점을 드러내고 죽을 것이고, 꽤나 침착한 무인이라 하더라도 차륜전의 형태로 끊임없이 이어지는 검진을 깨뜨리기 전에 내공이 바닥나 쓰러졌다.

"끝이군!"

고문도가 흡족한 표정으로 수염을 매만졌다.

위무성이 단신으로 소림의 전대 고수들인 소림삼성승을 쓰러뜨렸다는 소문을 듣고서 은연중에 두려움이 깃들었다.

하지만 직접 만난 위무성은 미리 두려움을 가졌어야 할 정도로 강하지 않았다.

"역시 소문은 과장되게 마련이군."

그제야 안도하고 입가로 웃음을 짓고 있던 고문도가 인상을 썼다.

어느 정도 여유를 되찾자 다시 진가흔의 얼굴이 떠올랐다.

'만약 십방매화검진으로 위무성을 충분히 감당할 수 있다는 것을 미리 알았다면 그리 휘둘리지 않았을 것을.'

후회가 밀려왔다.

그리고 다시 한 번 진가흔이라는 놈에 대한 분노를 끌어올릴 때였다.

'뭐지?'

폭발적인 살기.

솜털까지 곤두서게 만들 정도로 엄청난 살기가 고문도를 덮쳤다.

그 사실을 깨닫고 재빨리 살기가 흘러나오는 곳으로 시선을 돌린 고문도의 두 눈에 또다시 매화검수를 향해 파고드는 위무성이 보였다.

"부질없는 짓!"

위무성에게서 흘러나오는 엄청난 살기가 고문도를 불안케 만들었다.

애써 그 불안감을 억누르며 고문도가 소리쳤지만, 불길한 예감은 이번에도 빗나가지 않았다.

쩌쩌정.

이번에 위무성이 노린 것은 그의 정면에 서 있던 매화검수.

검신이 부딪친 후 커다란 폭음이 터져 나오고, 기다렸다는 듯이 다른 세 명의 매화검수들가 위무성을 향해 파고드는 과정은 다를 바가 없었다.

그러나 이번에는 분명 지금까지와 차이가 있었다.

그리고 그 차이는 위무성이 노렸던 매화검수가 공격을 받아내지 못 하고 입에서 피분수를 뿜어내며 쓰러졌다는 것이다.

쩡.

쩌엉.

자신의 등을 노리고 휘둘러지는 검신을 위무성이 느긋하게 받아넘겼다.

"십방매화검진은 절정고수 하나를 상대하는 데 있어서는 가장 완벽한 검진. 하지만 약점은 존재하지. 십방매화검진이 완벽해지기 위해서 가장 중요한 것은 십방을 점한 채 검진을 펼치는 구성원들의 실력에 편차가 없어야 한다는 것이다.”

여유롭게 흘러나오는 이야기들.

마치 십방매화검진의 파훼법을 설명하는 듯한 그의 이야기는 막힘이 없었다.

“십방을 점하는 구성원 중 단 한 명이라도 무너지게 되면 십방매화검진은 더 이상 검진이라 불릴 자격이 없어지지.”

자신감이 묻어 있는 목소리.

그리고 위무성에게는 자신감을 가질 자격이 있었다.

십방 중 한 축이 무너지자 십방매화검진은 더 이상 십방매화검진이 아니었다.

매화검수 아홉과 위무성의 대결일 뿐이었다.

서걱.

그리고 화산이 자랑하는 매화검수들의 합공이라 하나 십방매화검진을 깨뜨린 위무성을 감당하기에는 버거웠다.

'강하다!'

고문도가 마른침을 꿀꺽 삼켰다.

불과 반 각이 흘렀을 뿐인데 십방매화검진을 펼쳤던 매화검수 중에 남아 있는 것은 한 명뿐이었다.

그리고 그 한 명도 오래 버티지 못했다.

스르륵.

위무성이 매화검수의 가슴에 깊숙이 틀어박은 검을 빼내자, 더 버티지 못하고 바닥으로 쓰러졌다.

“기껏 준비한 것이 무너졌으니 이제 직접 나설 차례인가?”

“……..”

“그래 봐야 피가 끓을 것 같지도 않군.”

매화검수의 붉은 피로 물든 검을 바닥으로 늘어뜨린 채 다가오고 있는 위무성을 보며 고문도가 주춤거리며 뒤로 물러났다.

第八章

선택(選擇)

暗帝血路 암제혈로

코끝을 찌르는 피비린내.

그 피비린내는 역겨울 정도로 짙었지만, 진가흔은 눈도 꿈쩍하지 않고 묵묵히 걸음을 옮겼다.

그런 그가 처음으로 걸음을 멈춘 것은 화산의 산문 앞에서였다.

아직 화산의 도사라 불리기에도 앳된 소년.

머리통이 으깨져 허연 뇌수를 바닥에 쏟아낸 채 처참하게 죽어 있는 소년을 내려다보던 진가흔이 지그시 입술을 깨물었다.

"변한 게 없구나."

이 앳된 소년이 산문에서 혼자 죽어 있는 이유를 진가흔은 짐작하고도 남았다.

별 도움이 되지 않을 삼대제자 하나를 본보기로 버려서 화산 무인들의 분노를 끌어올리려는 의도가 눈에 선히 보였다.

그게 화산의 장문인인 고문도의 방식이었으니까.

그리고 진가흔이 화가 나는 것은 그런 고문도의 방식이었다.

대를 위한 소의 희생?

말은 번지르르했다.

하지만 과연 그게 정당화될 수 있을까.

홀로 산문에 서서 위무성이 이끌고 있는 흑천의 무인들이 다가오는 것을 바라보며 이 소년은 극심한 두려움을 느꼈을 것이다.

왜 혼자서 이곳을 지켜야 하는지 그 이유조차 모른 채 손에 든 검을 벌벌 떨고 있었을 소년에게도 꿈이 있었을 터다.

화산의 무공을 익혀서 강호에 명성을 날리는 협객이 되고 싶었을 수도 있고, 도를 닦는 도사가 되고 싶었을 수도 있다.

어쩌면 화산에 입문한 이 소년이 훌륭한 무인이 되어 속히 돌아오기만을 애타게 기다리는 부모가 있었을 수도 있고.

하지만 화산의 장문인이 내린 결정은 이 소년의 꿈을 무참히 짓밟았다.

그리고 이 소년을 바라보며 기대하고 있던 수많은 사람들의 꿈도 짓밟았다.

대의(大義)라는 번지르르한 말로 포장한 채.

"너무 억울해하지 말고 편히 쉬거라."

영문조차 모른 채 죽어간 소년의 부릅뜬 눈을 감겨주고 나서 진가흔이 무거운 발걸음으로 산문을 통과했다.

그리고 오늘의 진가흔은 혼자가 아니었다.

진가흔의 곁에는 하연춘과 석대운이 함께하고 있었고, 황두호와 단화영도 바싹 뒤를 따르고 있었다.

게다가 서유림의 도움으로 끌어모은 약 일천에 가까운 무인도 함께였다.

하지만 조용했다.

분위기가 심상치 않음을 본능적으로 느껴서인지 일천에 가까운 인원이 움직이는데도 불구하고 대화 소리조차 없었다.

챙. 챙.

크아악!

대신 화산의 산문을 통과한 후 들려오기 시작한 병장기가 부딪치는 소리와 고통스런 비명 소리에 귀를 기울였다.

그리고 거침없이 걸음을 옮기던 진가흔이 다시 멈춰 선 것은 자소궁 앞에서 펼쳐지는 치열한 대결이 보이는 장소에서였다.

"여기서 기다려 주십시오."

조금 떨어진 거리이긴 했지만 화산과 흑천이 벌이고 있는 치열한 대결의 양상이 흑천에게 유리하다는 것은 금세 알 수 있었다.

물끄러미 바라보며 장내를 살피던 진가흔이 곁에 서 있던 하연춘에게 부탁했다.

그리고 그 말을 들은 하연춘이 의아한 표정을 지었다.

"지금 움직이지 않는가?"

"아직은 아닙니다."

"하지만 더 기다리다가 때를 놓치게 되면… 진 제의 사문인 화산은 멸문을 피하지 못하게 될지도 모르네."

사문이라…….

하연춘이 초조한 기색을 감추지 않고 덧붙인 사문이란 단어가 진가흔의 가슴에 파문을 일으켰다.

돌이켜 생각해 보면 화산에서 잃은 것도 많았지만 얻은 것도 적지 않았다.

평생의 은인이라 할 수 있는 스승님을 만나 무공을 배웠다.

그리고 언제나 든든하게 곁을 지켜주었던 사형을 만난 것도 화산에서였다.

스승님과 사형의 얼굴을 떠올리고 있던 진가흔이 이내 고집스런 표정을 지은 채로 고개를 흔들었다.

"화산은 더 이상 제 사문이… 아닙니다."

"그렇지만……."

“제 마음속에서 화산을 버린 지 오래입니다.”

진가흔이 단호하게 잘라 말했다.

그렇지만 하연춘은 희미한 웃음을 머금은 채 고개를 흔들었다.

“진 제는 화산을 버리지 못했군.”

“……?”

“아직 갈등하고 있다는 게 눈에 보인다네. 어렵게 모은 이들을 이끌고 이곳을 찾은 것이 그 증거일세.”

진가흔이 입을 다물었다.

그건 착각일 뿐이라고 변명하고 싶었지만 그럴 수가 없었다.

애써 내색하려 하지 않고 있었지만 하연춘의 말대로 진가흔은 지금 이 순간까지도 갈피를 잡지 못하고 갈등하고 있었다.

그리고 그런 진가흔을 바라보던 하연춘이 웃으며 말했다.

“어떤 선택을 내리든 그건 진 제의 몫이고 내가 관여할 수 있는 것이 아닐세. 다만 인생을 오래 살아온 연장자로서 충고 하나는 하겠네. 빈대 한 마리를 잡기 위해서 초가삼간을 모두 태우는 우를 범하지는 말게.”

“……”

“그저 마음이 가는 대로 움직이게.”

무슨 뜻일까.

여전히 희미한 웃음을 머금은 채 하연춘이 꺼낸 말을 듣고서 진가흔이 고개를 끄덕였다.

하연춘은 말하고 있었다.

비록 화산의 장문인과 악연으로 얽혀 있다고 하나, 그자 때문에 화산을 미워하지는 말라고.

"곪은 부위는 잘라내야 하는 법이지요."

하연춘에게 그 말을 남긴 진가흔이 혼자서 격전이 벌어지고 있는 장내로 걸어 들어갔다.

고문도의 표정이 잔뜩 일그러졌다.

옆구리에 입은 검상은 깊었다.

조금만 더 깊이 베였다면 내장이 쏟아졌을 정도로.

그뿐이 아니었다.

오른쪽 어깨에 입은 검상도 얕지 않아 허연 뼈가 드러났다.

더 이상 오른팔을 사용하지 못해서 익숙지 않은 왼손으로 검을 움켜쥔 채로 가쁜 숨을 고르고 있던 고문도가 한숨을 내쉬었다.

위무성은 생각보다 훨씬 강했다.

그래서 십방매화검진이 무너진 순간, 화산의 멸문을 직감했다.

그와 동시에 머릿속으로 오만 가지 생각이 스치고 지나갔다.

어떻게든 멸문만은 막아야 한다는 다짐과 단 몇 명의 제자라도 살려야 한다는 각오, 그리고 자신의 판단 착오로 인해 벌어진 현 상황에 대한 죄책감까지.

그리고 그 상념의 끝에 떠오른 것은 몇 명의 얼굴이었다.

명현의 주름진 얼굴이 다가왔다.

긴 시간을 함께했지만 끝내 자신에게는 속내를 드러내지 않던 사람.

하지만 화산을 사랑하는 마음만은 다르지 않았다.

다만 그 방식에 차이가 있었을 뿐이고, 그래서 명현은 스스로 자신을 가두고 자꾸만 숨으려 했다.

그렇게 명현은 점점 잊혔고, 쓸모없는 자라는 생각이 점차 머릿속에 박히게 된 계기가 되었다.

그래서 그렇게 모진 결정을 내렸다.

아무 쓸모없는 명현보다는 제하십이성에 이름을 올리고 있는 종구육이 더 중요한 존재였으니까.

'후회는 하지 않아!'

만약 같은 상황에 다시 처한다 하더라도 고문도는 그 당시에 내렸던 것과 같은 결정을 내릴 것이다.

그것이 그가 화산을 아끼는 방식이었다.

'다만 미안한 마음이 남아 있을 뿐이지.'

명현을 떠나보내자 다음으로 떠오른 얼굴은 유자명이었다.

　백년에 한 번 나올까 말까 한 기재라 알려진, 화산의 미래라고까지 불렸던 유자명의 단전은 파괴되었다.

　그 사실을 알고 나서 고문도는 무척이나 아까운 인재를 잃었다는 사실로 인해 깊은 상실감을 품었다.

　하지만 그게 끝이었다.

　단전이 파괴된 이상 무인으로서의 유자명의 인생은 끝이었다.

　그리고 가망성이 없는 자에게 투자하는 것만큼 멍청한 짓은 없었다.

　유자명이 느끼고 있을 상실감과 분노, 박탈감 따위는 신경 쓸 여유도 없었고, 그럴 이유도 없었다.

　고문도는 유자명을 화산에서 냉정히 내쳤다.

　'역시 후회하지 않는다!'

　화산의 산문을 벗어나던 유자명의 두 눈에서 흘러내리던 눈물이 애처로웠지만 고문도는 외면했다.

　그러나 지금 다시 유자명이 떠오르는 것은 아쉬움 때문이었다.

　유자명이 단전을 다치지 않고 계속 수련을 했다면 지금쯤 위무성을 상대할 수 있었을 텐데라는 아쉬움.

　씁쓸하게 웃고 있던 유자명의 얼굴이 떠나고 나서 마지막으로 그 자리에 채운 것은 진가흔이었다.

　당시에는 이름조차 들어보지 못했던 진가흔이다.

그저 그런 제자들 중 하나.

그 이상도 이하도 아니었다.

유자명의 몸을 상하게 한 다음 처음으로 이름을 알았다.

아끼던 제자를 잃은 탓에 극도로 흥분한 종구욱의 분노를 접하고, 고문도는 고민하지 않고 파문을 명했다.

비무 중에 벌어진 우발적인 사고인만큼 파문은 지나친 처사라는 것을 알고 있었지만, 흥분한 종구욱을 달래는 것이 더 급했다.

그리고 그 당시의 결정을 후회하게 될 줄은 꿈에도 몰랐는데.

'세상사는 알 수가 없구나!'

시간이 흘러 진가흔은 엄청난 고수가 되었다.

어쩌면 현 강호에서 위무성을 상대할 수 있는 유일한 인물일지도 모를 정도로.

'내 발등을 내가 찍었을 줄이야!'

화산을 도와달라고 무릎까지 꿇고서 부탁했다.

그러나 마지못해 고개를 끄덕이는 진가흔의 눈빛은 싸늘하기 그지없었다.

그때 이런 상황을 예상했어야 하는데.

약속을 지키지 않은 진가흔을 원망하며 고개를 돌리던 고문도가 눈을 부릅떴다.

"왔… 군!"

진가흔이 장내로 천천히 걸어 들어오고 있었다.

그리고 그 모습을 확인하자 어디론가 사라졌던 희망이 다시 모습을 드러냈다.

'살 수 있을지도 모른다. 화산은 멸문을 면할지도 모른다!'

조금 전까지 가슴속을 가득 메우고 있던 진가흔에 대한 원망과 분노는 눈 녹듯이 스르르 사라졌다.

그 빈자리는 대신 기대가 메웠다.

그렇지만 여전히 싸늘한 진가흔의 시선을 확인한 순간, 그 기대는 이유를 알 수 없는 불안감으로 바뀌었다.

그리고 그 불안감은 곧 현실이 되었다.

마치 지금의 상황과는 아무런 상관도 없는 사람처럼 진가흔은 느긋하게 팔짱을 낀 채 멈추어 섰다.

"왜 이제야 나타났는가?"

"고민을 좀 하느라고."

"고민?"

"다시 화산에 오는 것이 망설여졌거든."

고문도가 다그치듯 질문했지만 진가흔은 느긋하게 대꾸했다.

그 모습에 분통이 터졌지만, 지금은 화를 낼 때가 아니었다.

조금 늦긴 했지만 진가흔이 이곳에 모습을 드러냈다는 것이 중요했다.

"더 지체할 시간이 없네. 어서 이자를 죽이고 흑천의 무리로부터 우리 화산을 구해주게."

그래서 고문도가 재촉했지만 진가흔은 고개를 흔들었다.

"내가 왜?"

"왜라니? 약속을 하지 않았는가?"

"약속?"

"나는 화산의 명예까지 버려가며 자네가 요구했던 것을 모두 들어주었네. 그런데 약속을 지키지 않을 셈인가?"

"약속을 하긴 했지. 하지만 내가 한 약속은 위무성을 상대하는 게 전부야. 그리고 그게 꼭 지금일 필요는 없지."

처음에는 장난이라 여겼다.

하지만 진가흔의 표정은 진지했고, 고문도는 더욱 초조함을 느꼈다.

"무슨 뜻인가?"

"화산을 버리려고 했었어. 그런데 마음이 변했어. 구린내를 풍기는 위선자들만 사라지고 나면 화산에서 다시 청아한 향기가 날지도 모른다는 생각이 들었거든."

"……?"

"난 꿈쩍도 하지 않고 기다릴 거야."

고문도가 마른침을 꿀꺽 삼켰다.

진가흔의 의도는 명백했다.

자신이 죽기 전까지 나서지 않겠다는 뜻.

시간이 흐르면 흐를수록 진가흔의 눈빛은 더욱 차가워졌다.

그리고 표정도 얼음장처럼 냉막하게 변했다.

그 냉막한 표정을 보고 나니 불현듯 예전 기억이 떠올랐다.

진가흔에게 파문을 명하던 자신의 표정도 저렇게 냉막했을지도 모르겠다는 생각과 함께, 고문도가 깊은 한숨을 내쉬었다.

"그렇군!"

예전 진가흔이 처했던 상황과 비슷한 상황에 몰리자 지금까지 보이지 않던 것이 보이기 시작했다.

냉막하기 그지없는 표정으로 파문을 내리던 자신을 보며 진가흔이 느꼈을 절망감이 비로소 전해졌다.

숨이 막히고 눈앞이 순간 깜깜해지는 느낌.

그가 화산과 자신에게 품었을 원망이 생각보다 훨씬 깊을 것이라는 것을 이제야 알 수 있었다.

"몰랐네."

"그게 다인가?"

"너무 늦게 깨달았군."

"당신 말대로 너무 늦었지."

진가흔의 시선은 여전히 차가웠다.

그리고 고문도의 입가로 쓸쓸한 미소가 스치고 지나갔다.

"난 죽어야겠군."

"……."

"그래야 화산이 살 테니까."

마침내 결심을 굳힌 듯 고문도가 왼손에 들고 있던 검을 바닥으로 던졌다.

그러나 다시 몸을 숙여 버렸던 검을 움켜쥐었다.

"그래도 마지막은 화산의 장문인답게 죽어야겠지."

재미있는 경극이라도 감상하는 사람처럼 느긋하게 서 있는 위무성을 흘깃 살핀 고문도가 이를 악물었다.

그리고 손에 들고 있던 검을 거꾸로 돌려 힘껏 잡아끌었다.

챙.

고문도의 손에 들려 있던 검이 바닥으로 떨어졌다.

질끈 눈을 감고 있던 고문도가 천천히 눈을 떠서 자신의 검을 쳐낸 사내를 물끄러미 바라보았다.

'누굴까?

자색 장삼을 입은 눈앞의 사내는 어딘가 낯이 익었다.

"사형!"

그렇지만 쉽게 떠오르지 않아 기억을 더듬고 있던 고문도는 진가흔이 반가움과 놀람이 섞인 목소리로 사내를 부르는 것을 듣고서야 기억해 냈다.

'유자명!'

그래, 유자명이었다.

예전과 달리 수염을 기르고 얼굴이 변해서 단번에 알아보지 못했지만, 눈앞의 사내는 분명히 유자명이 맞았다.

그리고 고문도의 검을 쳐낸 유자명은 복잡한 눈빛으로 자신을 바라보고 있었다.

"오래간만이구나."

어렵게 인사를 건네자 유자명은 슬쩍 고개를 끄덕이는 것으로 인사를 대신했다.

예전이었다면 저 불경한 행동을 보고 크게 노했겠지만 지금은 아니었다.

유자명은 스스로 화산을 떠난 자.

이제는 외인이라 불러도 좋을 정도로 화산과의 연이 멀어진 후였다.

그리고 아무려면 어떠할까 하는 생각이 들었다.

"왜… 방해했느냐?"

"실망했소."

"실망?"

"검을 휘두를 힘이 남아 있다면 죽을 각오로 싸우는 것이 옳은 것이 아니오? 내 기억 속의 당신은 그런 사람이었는데."

"……."

"예전 가흔이와 나를 내칠 때처럼."

비꼬는 것일까.

고문도가 다시 쓸쓸한 웃음을 머금었다.

하지만 변명하지는 않았다.

유자명에게는 이런 말을 할 자격이 있었다.

"살아남으시오."

"살아남으라?"

"어떻게든 살아남아서 다시 화산을 위해서 살아주시오."

"……?"

"그 방법이 달랐을 뿐, 당신도 화산을 사랑했다는 것을 알고 있소."

고문도가 급히 숨을 들이켰다.

다른 이도 아닌 자신의 손으로 모질게 내쳤던 유자명에게서 이런 말을 듣게 될 것이라고는 꿈에도 몰랐다.

'크다!'

복잡한 심정을 감추기 위함인 듯 고개를 돌려서 시선을 피하고 있는 유자명을 바라보던 고문도는 감탄했다.

비록 나이는 자신에 비해 한참이나 어렸지만 유자명은 여러모로 힘든 시간을 거치며 몰라볼 정도로 크게 변해 있었다.

그리고 그것은 진가흔도 마찬가지였다.

'어쩌면 내가 잘못 생각하고 있었는지도 모른다!'

화산을 최고로 만들고 싶었다.

그래서 제자들에게 엄격하게 규율을 적용하며 수련에 박차를 가했다.

하지만 그 지독한 수련을 거친 화산의 제자들은 흑천의 무리에게 속절없이 밀리고 있었다.

그에 반해 자신이 내쳤던 진가흔과 유자명은 이렇게 크게 변해서 돌아왔다.

세상의 풍파와 시련을 피하지 않고 고스란히 겪었기에 두 사람은 이렇게 성장할 수 있었을 터다.

뒤늦게 찾아온 후회.

그렇지만 후회는 아무리 빨라도 늦는 법이었다.

이제 화산은 멸문할 터인데 무엇을 바꿀 수 있을까.

고문도가 두 눈을 감았다.

그리고 다시 눈을 떴지만 눈앞은 뿌옇게 흐려져 있었다.

자신의 실수를 깨닫고 뒤늦게 찾아온 회한으로 인해 고문도의 두 눈에서는 눈물이 흐르기 시작했다.

"참 바보같이 살았구나!"

그래서 저절로 흘러나온 이야기를 듣고서 유자명이 말했다.

"실수는 누구나 할 수 있소. 그 실수를 반복하지 않는다면 충분하오."

"이젠 기회가 없네."

"기회는 만들어주겠소."

"……?"

"내가 그 기회를 열어줄 것이오."

고문도가 눈을 부릅떴다.

그리고 그 말의 진의를 파악하기 위해 애쓰던 고문도의 두 눈에 이채가 스치고 지나갔다.

단전이 파괴되었던 유자명이다.

다시는 무공을 익힐 수 없는 폐인이라 알려진 그였는데 조금 전의 유자명은 분명히 무공을 사용했다.

눈으로 쫓기도 힘들 정도로 빠른 신법은 틀림없이 내력을 사용한 것이었다.

"단전이 파괴되었다 들었는데……."

"깨어진 단전을 복구했소."

"그게 가능한가?"

"뜻이 있으면 길은 열리는 법이오."

그 말을 남기고 신형을 돌리는 유자명을 고문도는 반쯤 넋이 나간 채로 바라보았다.

사형은 변했다.

늘 푸석하던 얼굴에는 생기가 넘쳤다.

피로에 젖어 있던 두 눈에서는 강렬한 안광이 폭사하고 있었고, 어딘가 초조해 보이던 표정 대신 희미한 웃음을 머금고 있었다.

그러나 가장 큰 변화는 자신감을 되찾은 것이었다.

굳이 의도하지 않아도 은연중에 묻어나고 있는 여유를 접하니 다시 예전의 사형을 보는 것 같아 기분이 좋았다.

"난 화산을 돕고 싶구나."

"저와 사형을 가차없이 버린 곳입니다."

하지만 유자명이 지금 꺼내고 있는 말은 순순히 받아들일 수 없었다.

그래서 진가흔은 정색한 채 대답했다.

그리고 그 대답을 들었음에도 유자명은 표정의 변화 없이 다시 말했다.

"원망했다."

"……?"

"나도 사람인데 어찌 원망하는 마음이 없었겠느냐? 수없이 많은 불면의 밤을 보내며 화산과 장문인을 원망했었다. 그렇지만 어느 순간부터인가 그 지독한 원망조차도 부질없이 느껴지더구나."

"사형."

"아까도 말했듯이 기회를 주고 싶구나."

"그렇지만……."

"나는 저 눈물에 실린 진심을 믿는다. 만약 다시 기회가 주어진다면 화산을 바른 방향으로 이끌 사람이다. 날 도와주겠느냐?"

진가흔이 미간을 찌푸렸다.

아무리 사형의 부탁이라 하더라도 이건 선뜻 대답할 수가 없었다.

그래서 대답을 망설이는 사이, 유자명은 이런 반응을 예상했다는 듯이 희미하게 웃으며 앞으로 나섰다.

"강요하지는 않겠다."

"……."

"내 선택이 과연 옳은가는 나조차도 확신할 수 없으니까. 그리고 내게는 네 선택을 강요할 권리도 없다."

그 말을 마지막으로 유자명은 위무성을 상대하기 위해 나섰다.

사방에서 피가 흩뿌려지고 고통에 찬 비명성이 난무하고 있었지만 위무성은 마치 산보라도 나온 사람마냥 여전히 여유가 넘쳤다.

그리고 그것은 허세가 아니었다.

강자만이 가질 수 있는 여유였다.

그런 위무성을 상대하기 위해 단신으로 걸어가는 사형의 등은 무척이나 쓸쓸하고 위태로워 보였다.

하지만 진가흔은 그런 사형을 붙잡지 못했다.

또 힘을 실어주지도 못했다.

자신의 생각이 옳을까.

아니면 사형의 생각이 옳을까.

쉽게 갈피를 잡을 수 없었다.

조금씩 멀어져 가는 사형의 등을 진가흔이 흔들리는 눈동자로 바라보았다.

　삼 장 앞으로 다가간 유자명이 걸음을 멈추었다.
　아무런 말도 없이 검을 겨누고 있는 유자명을 살피던 위무성의 두 눈에 강렬한 빛이 스치고 지나갔다.
　"재밌겠군."
　"……."
　"제대로 상대할 가치도 없던 저 형편없는 화산의 장문인과는 비교할 수 없을 정도로 재밌겠어."
　위무성의 입꼬리가 말려 올라갔다.
　하지만 유자명은 마주 웃지 않았다.
　아니, 마주 웃고 싶어도 지금은 그럴 여유가 없었다.
　다시는 검을 쥘 수 없을 것이라 여겼다.
　그런데 다시 검을 쥐고 무공을 펼칠 수 있는 길이 열렸다.
　바로 연혼대법이었다.
　깨어진 단전을 복구하는 데 있어 견디기 힘들 정도로 힘든 시간을 보내게 될 것이라고 했던 진호청의 엄포는 그냥 한 말이 아니었다.
　하루하루가 지옥이었다.
　단단히 각오를 했지만, 도중에 몇 번이나 포기하고 싶었을 만큼 고통스러운 시간이 계속해서 이어졌다.
　그럼에도 끝내 포기하지 않은 것은 예전의 모습을 되찾고 싶다는 욕심.

마치 타는 듯한 갈증 같은 욕심 때문이었다.

그리고 그 힘든 시간을 모두 견뎌내고 마침내 이 자리에 섰다.

'피가 끓는다!'

억누를 수 없는 흥분.

짜릿한 쾌감이 밀려왔다.

그와 동시에 두려움도 깃들었다.

한쪽 입꼬리를 말아 올린 채 여유있게 서 있는 위무성은 어느 누구도 부인할 수 없는 고수였다.

'내력을 되찾았다고 하나 과연 이자를 상대할 수 있을까?'

한 번 자리를 잡은 불안감은 스스로 덩치를 키워갔다.

그리고 덩치를 키운 불안감은 스스로에 대한 믿음까지 먹어치울 기세였다.

'나를 믿지 않는다면 아무것도 할 수 없다!'

유자명이 고개를 흔들어 상념을 떨쳐 냈다.

검을 손에서 놓은 지 오랜 시간이 흘렀지만 감각마저 사라진 것은 아니었다.

손에 착 감기는 검병의 느낌이 나쁘지 않았다.

게다가 유자명은 그동안 허송세월한 것이 아니었다.

비록 검을 쥐지 않았다 하더라도 머릿속에서 무공을 지워 본 적은 단 한 번도 없었다.

다시는 가질 수 없는 것에 대한 미련과 그리움이라고 표현하면 적절할까.

더욱 치열하게 무공을 떠올렸다.

지금껏 당연하다 여기고 받아들였던 것들까지 하나하나 의문을 품어가며 무공을 분석하는 데 시간을 보냈다.

그리고 그 시간들은 생각보다 많은 도움이 되었다.

'예전보다 더 강해졌어!'

다시 가진 스스로에 대한 믿음이 점점 자리를 잡아가던 불안감을 밀어냈다.

"비록 파문을 당했다고 하나 화산은 나의 사문. 나는 사문을 지킬 생각이고 화산에서 받은 무공으로 당신을 상대하겠소."

착 가라앉은 목소리로 꺼낸 말을 듣고서 위무성이 혀를 내밀어 입술을 훑었다.

"이거 정말 기대가 되는데."

두 눈을 빛내며 바라보고 있는 위무성은 정말 즐거워 보였다.

그런 그를 보며 유자명이 호흡을 가다듬었다.

검병을 움켜쥔 손아귀에서 기분 좋은 흥분.

과하지도 부족하지도 않은 적당한 긴장.

절로 피가 뜨거워지는 쾌감.

지금 이 순간이었다.

유자명이 그렇게 되찾고 싶어하던 것은.

우우웅!

손에 들린 검이 울고 있었다.

그토록 긴 시간을 기다렸으니 이제 마음껏 움직이게 해달라며 투정이라도 부리듯이.

그리고 유자명은 오랜 시간을 함께해 온 벗이 부리고 있는 투정을 외면할 정도로 매정하지 않았다.

아니, 만약 벗이 투정을 부리지 않았다면 먼저 나섰으리라.

'가라!'

오랜 공백을 깨고 다시 날개를 펴는 거인의 기세를 담은 일검.

지독한 상실감과 분노까지 고스란히 녹여낸 일검이 위무성을 향해 떨어져 내렸다.

서격.

검병을 움켜쥐고 있는 손아귀에 전해지고 있는 묵직한 느낌이 전해주는 쾌감이 짜릿함을 불러일으켰다.

검이 지나간 자리.

피가 튀었다.

그리고 그 붉은 피가 얼굴을 적셨다.

훅하고 피비린내가 끼쳤지만 얼굴에 묻은 피를 닦아낼 생각도 하지 못했다.

비틀거리며 뒤로 한 걸음 물러나는 위무성의 어깨가 붉게
물들어 있었다.

그러나 상처를 입은 것은 유자명도 마찬가지였다.

왼쪽 어깨에서 불로 지지는 듯한 화끈한 고통이 전해졌다.

그렇지만 유자명은 그 고통조차도 제대로 느끼지 못했다.

짜릿함을 넘어선 전율이 밀려왔다.

그 전율이 고통마저도 잊게 만들고 있는 상황.

"이거… 재밌군."

어깨에 얕지 않은 검상을 입었음에도 불구하고 위무성의
얼굴에 떠올라 있던 미소는 오히려 짙어졌다.

혀를 내밀어 검신에 묻어 있는 선혈을 핥던 위무성이 유자
명을 노려보았다.

"분명히 화산의 무공인데… 조금 다르군."

"……."

"새로 만든 무공은 아닌 것 같고… 기존 화산의 무공을 재
해석한 듯하군. 백 년에 한 번 나올까 말까 한 기재라고 했던
평가가 틀리지는 않은 듯한데……. 이대로 조금만 더 버텨줘,
내 피가 끓기 시작했으니까."

"마찬가지야."

유자명의 입가에도 처음으로 미소가 떠올랐다.

마치 들불처럼 피가 들끓고 있었다.

짜릿한 흥분과 쾌감은 아까까지 가슴속에 깃들어 있던 불

안감을 완전히 밀어냈다.

그리고 어서 다시 검을 섞고 싶다는 생각만이 가득했다.

우우웅!

터져 나오는 검명과 함께 유자명이 먼저 움직였다.

한때는 제 구실을 하지 못하던 단전에서 노도와 같은 진기가 일어나며 휘두르고 있는 검에 힘을 실어주었다.

유자명이 펼치는 초식은 매개이도.

예기를 더하며 위무성을 향해 다가가고 있던 검신이 자연스레 두 갈래로 갈라지며 요혈을 노리고 파고들었다.

매서운 공격.

하지만 위무성은 당황하지 않고 침착함을 유지했다.

마치 관찰이라도 하듯이 두 갈래로 갈라진 검신이 지척으로 접근할 때까지 가만히 지켜보기만 했다.

그리고 느긋한 표정으로 한 걸음 물러나며 검을 쳐올리던 위무성의 가라앉은 두 눈이 동요한 것은 마지막 순간이었다.

스팟.

허벅지를 스치고 지나간 유자명의 검은 이번에도 위무성의 몸에 상처를 남겼다.

하지만 위무성은 고통스런 표정을 짓는 대신 강렬한 안광을 뿜어내며 유자명을 쏘아보다 고개를 갸웃했다.

"매개이도라 생각했는데 다르군."

"……."

"마지막 순간에 검이 또 한 번 갈라졌어. 이건 마치… 나혈비기와 흡사하군. 그래, 이십사수매화검법에 나혈비기를 접목했군."

위무성은 마치 혼잣말을 꺼내듯이 중얼거리고 있었다.

하지만 유자명은 동요하지 않을 수 없었다.

비록 허벅지에 상처를 입기는 했지만, 위무성은 유자명의 검이 일으키는 변화를 거의 완벽하게 확인했다.

게다가 분석도 정확했다.

매개이도는 쾌와 환이 공존하는 초식.

그것이 이십사수매화검법 중 한 초식인 매개이도의 요체였다.

그리고 예전의 유자명 역시 아무런 의심 없이 그리 배웠다.

하지만 의심을 품기 시작한 것은 머릿속으로 매개이도를 펼치며 상대와 대결을 벌인 후부터였다.

'쾌(快)와 환(煥)이 공존하기에 오히려 어중간한 위력이 나올지도 모른다. 쾌를 유지하면서 환을 더한다면?'

처음 출발은 여기서부터였다.

그리고 유자명이 알고 있는 무학은 화산의 것이 전부였다.

머릿속을 뒤져서 화산의 무학을 모두 떠올렸고, 마침내 찾아낸 방법이 나혈비기와의 접목이었다.

그로 인해 마지막 순간 한 번의 변화를 더 일으킬 수 있었고, 그 결과로 지금 위무성의 몸에 상처를 남긴 것이다.

'내 생각이 틀리지 않았어.'

마땅히 기뻐해야 옳았다.

하지만 유자명의 낯빛은 오히려 어두워졌다.

관찰과 분석은 이 정도로 충분하다는 듯이 씨익 웃고 있는 위무성을 확인한 순간 다시 가슴속으로 깃드는 불안감.

그 불안감이 덩치를 키우기 전에 유자명이 다시 움직였다.

노도와 같은 진기가 실린 검신이 위무성을 향해 쏘아져 나갔다.

역시 이십사수매화검법 중 한 초식인 매화토염.

그러나 유자명이 펼치는 매화토염은 다른 화산의 제자들이 펼치는 매화토염과 어딘가 달랐다.

'매화토염의 요체는 강, 거기에 쾌를 더한다면 더욱 위력적인 초식이 된다!'

불필요한 변식을 완전히 배제하고 최단거리로 파고들면서도 검에 실린 위력은 조금도 줄어들지 않았다.

그리고 그대로 위무성의 전신을 휩쓸어 버릴 것처럼 느껴지던 강력한 검풍이 거짓말처럼 사라진 것은 위무성이 검을 사선으로 그어 올린 후였다.

쩌엉!

요란한 폭음과 함께 유자명의 신형이 속절없이 뒤로 밀려났다.

그런 그의 입에서 피분수가 뿜어져 나왔다.

"매화토염이란 초식에 쾌(快)를 더한 것은 나쁘지 않은 선택. 하지만 쾌를 제압하는 것이 바로 중(重)이지."

한쪽 입꼬리를 말아 올린 채 다가오던 위무성이 꺼낸 말을 듣고서 유자명의 낯빛은 백지장처럼 창백하게 변했다.

예상대로였다.

위무성은 유자명의 검에 대한 분석을 완벽하게 끝냈을 뿐만 아니라 약점까지 꿰뚫어 보고 있었다.

'어떻게 이게 가능하지?'

머릿속에 깃드는 의문.

하지만 그 의문에 대한 답을 찾을 여유조차도 없었다.

이제 흥미가 떨어졌다는 듯 냉랭한 표정으로 다가오는 위무성을 바라보던 유자명이 급히 검을 들어 올렸다.

그러나 깊은 내상을 입어서인지 검에는 전혀 힘이 실리지 않았다.

챙그랑!

간신히 떨어져 내리는 검신을 막아냈지만 위무성의 검에 실린 힘을 감당하지 못하고 유자명은 검을 바닥에 떨어뜨렸다.

그리고 심장을 노리고 파고드는 위무성의 검을 보고 난 후, 분한 표정으로 두 눈을 질끈 감았던 유자명이 다시 눈을 떴다.

그런 그의 눈에 보이는 것은 진가흔의 등이었다.

그 등이 무척이나 넓다는 생각을 하며 유자명이 서둘러 물었다.

"이제… 결정했는가?"

"아직 아무것도 결정한 것은 없습니다. 다만… 사형이 위험하기에 나선 것뿐입니다."

"그런가?"

유자명의 입가로 씁쓸한 미소가 스치고 지나갈 때였다.

"그리고 더 늦었다가는… 화산의 제자들이 모두 죽고 난 후일 것 같기에 조금 일찍 나섰습니다."

"……."

"조금 전 저자가 흘린 눈물에 과연 진심이 담겨 있는지 저는 아직까지도 모르겠습니다. 그래서 사형이 저자를 감시해 주셨으면 합니다. 약조해 주시겠습니까?"

"그리하도록 하마."

더 망설일 시간이 없었다.

그래서 유자명이 지체없이 대답하자 진가흔의 얼굴에 흐릿한 웃음이 떠올랐다 사라졌다.

그리고 그런 진가흔이 허공을 향해 외쳤다.

"이제 나서주겠느냐?"

第九章
이유

暗帝血路 암제혈로

허공에서 이백이 넘는 무인들이 일제히 떨어져 내렸다.

마치 약속이라도 한 듯 모두 청의를 입은 무인들은 일사불란하게 움직여 곧 자리를 잡고 명령을 기다리듯 서 있었다.

그리고 정체를 알 수 없는 무인들의 등장으로 인해 치열하던 싸움이 잠시 멈춘 사이, 청의무인들의 틈을 헤치고 연자경이 걸어나왔다.

"얼마나 도움이 될지는 모르겠습니다."

상황이 급박한 것을 눈치채서일까.

연자경은 인사도 생략한 채 용건을 꺼냈다.

그리고 그런 연자경의 모습을 물끄러미 바라보던 진가혼

의 입가로 한 가닥 미소가 스치고 지나갔다.

비록 금의 대신 청의를 입었다고 하나, 진가흔이 이들의 정체가 금의위 무인들임을 모를 리 없었다.

아마 연자경은 이들을 움직이기 위해 아버지의 이름까지 팔았으리라.

"이 정도면 딱 적당하구나."

진가흔이 한참이나 흐른 후에야 꺼낸 대답을 듣고서 연자경이 비로소 안도한 표정을 지었다.

"이게 제가 해드릴 수 있는 전부입니다."

"알고 있다."

"더 도움이 되어드리지 못해 죄송합니다."

다른 이들도 아닌 금의위의 무인들을 화산으로 움직이게 만드는 것만도 결코 쉽지는 않았을 터.

그럼에도 불구하고 연자경은 전혀 자신의 공을 드러내지 않았다.

오히려 면목이 없다는 표정을 짓고 있었다.

그리고 진가흔도 그에 대해 일언반구도 꺼내지 않았다.

마치 당연하다는 듯이 받아들였다.

"어려운 부탁인데 들어줘서 고맙구나. 이제 남은 것은 나의 몫이다."

진가흔이 마지막으로 던진 말을 듣고서 연자경은 묵묵히 고개를 끄덕였다.

그리고 그것으로 끝이었다.

자신이 할 수 있는 일이 아무것도 없다는 사실을 알고 있는 연자경은 미련없이 신형을 돌렸고, 진가흔도 그런 그를 붙잡지 않았다.

"보중하시기를."

저벅저벅.

조용한 장내에 울려 퍼지는 발걸음 사이로 혼잣말처럼 중얼거린 연자경의 말이 마지막으로 흘러나왔다.

그 말을 듣고서 작아지는 연자경의 등을 지켜보고 있던 진가흔의 시선이 흔들렸다.

"아마… 다시는 만날 일이 없을 것이다."

일말의 망설임도 없이 멀어지고 있던 연자경의 발걸음이 느려졌다.

"나는……."

"……."

"나는… 너를 원망하지 않는다."

그리고 이어진 말을 듣고서 연자경이 걸음을 멈추었다.

가늘게 떨리는 신형.

하지만 연자경은 끝내 돌아보지 않고 다시 멀어져 갔다.

그런 그의 모습이 사라질 때까지 응시하고 있던 진기흔이 참지 못하고 긴 한숨을 토해냈다.

연자경과의 이별을 아쉬워할 시간은 오래 주어지지 않았다.

"드디어 만나게 되었군."

붉은 혀를 내밀어 입술을 훑은 뒤 번들거리는 눈빛으로 노려보는 위무성을 살핀 진가흔이 고개를 끄덕였다.

소문은 많이 들었지만 직접 대면한 것은 이번이 처음.

이렇게 위무성을 마주하게 되자 기분이 묘했다.

그리고 그것은 위무성도 마찬가지일까.

멋쩍은 웃음을 지으며 위무성이 다시 입을 뗐다.

"하나 궁금한 것이 있는데."

"무엇이오?"

"우린 악연인가?"

진가흔이 쉽게 대답을 하지 못하고 머뭇거렸다.

눈앞에 서 있는 위무성은 흑천을 이끄는 우두머리.

어찌 보면 자신에게 억울한 누명을 씌우는데 깊이 관여한 자다.

하지만 꼭 악연으로 얽혀 있다는 생각은 들지 않았다.

그리고 이상하게 살심이 솟아나지 않았다.

"모든 것은 내가 계획한 일이지. 따지고 보면 천주는 거의 관여한 것이 없다."

어쩌면 연화 노인이 변명처럼 꺼냈던 말 때문인지도 몰랐다.

그리고 또 하나.

"어쨌든 우린 싸워야겠지. 무척 강하다고 들었는데 헛소문이 아니었으면 좋겠군. 내 피를 끓게 만들어주기를 바라마지 않네."

숫구치는 흥분을 억지로 감추지 않고 위무성은 두 눈을 빛냈다.

그런 그의 두 눈에 떠올라 있는 감정은 두 가지였다.

권태와 호승심.

그것을 확인하고서 진가흔은 순간 검을 들어 올릴 뻔했다.

무인으로서의 호승심의 발로로 인해서.

그러나 진가흔은 억지로 그 호승심을 억눌렀다.

'아직은 아니야!'

위무성은 기대를 감추지 않고 여전히 두 눈을 빛내고 있었지만, 진가흔은 그 시선을 냉정하게 외면했다.

"나오시오."

진가흔의 말이 끝나기가 무섭게 한 사람이 걸어나왔다.

그리고 의아한 눈초리로 지켜보고 있던 위무성이 걸어나오고 있는 사람을 확인하고서 쓴웃음을 머금었다.

아직 감정의 정리가 끝나지 않아서일까.

위무성을 바라보고 있는 연화 노인의 눈동자는 흔들리고 있었다.

“생각보다 명이 길군.”

그리고 위무성이 내뱉듯이 툭 던진 말을 듣고서 연화 노인은 더 이상 동요하는 모습을 보이고 싶지 않은 듯 아예 눈을 감아버렸다.

“이유가… 무엇이오?”

“무슨 이유를 말하는 건가?”

“날 버린 이유를 묻는 것이오.”

간신히 쥐어짜 낸 목소리로 연화 노인이 질문하자 위무성은 망설이지 않고 대답했다.

“쓸모가 없으니까.”

“쓸모가 없다?”

“알고 있지 않았나? 실패를 용납할 정도로 내 맘이 넓지 않다는 것을.”

“하지만… 내가 한 일은 모두 천을 위했던 것인데…….”

막연히 예상했던 대답.

하지만 그 대답을 위무성에게서 직접 듣게 되자 충격이 큰 듯 연화 노인의 낯빛이 어두워졌다.

그리고 아직 끝이 아니었다.

“모두 착각이지.”

“착각?”

“자네가 한 행동들은 흑천을 위한 것이 아니었어. 자네만 그리 생각했던 것이지. 그리고 그 덕택에 난 지겨웠지. 그것만으로도 자네가 죽을 이유는 충분해."

위무성의 목소리는 얼음장처럼 차가웠다.

그리고 연화 노인의 눈동자도 더 이상 흔들리지 않았다.

"난 평생을 착각 속에서 살았다는 것이로군."

스르릉.

어딘가 공허하게 느껴지는 시선으로 허공을 응시하고 있던 연화 노인이 허리에 걸려 있던 검을 빼 들었다.

그런 연화 노인이 진가흔에게로 시선을 돌렸다.

"미안하단 말은 하지 않겠다."

"그런 말은 필요없소."

"그래, 그렇겠지. 대신 고맙다는 말은 하도록 하마, 조금이나마 죗값을 치를 수 있는 기회를 준 것에 대해서."

진가흔의 대답을 듣기고 전에 연화 노인은 검을 들고 위무성을 향해 쇄도했다.

흑천의 삼봉공이자 제하십이성 중 한 자리를 차지하고 있는 연화 노인은 처음부터 자신이 가진 모든 것을 드러냈다.

연화 노인의 손에 들린 검에서 일어나고 있는 아지랑이 같은 기운은 검기였다.

그리고 그 검기를 확인한 위무성도 경시하지 못하고 긴장한 채로 상대하기 시작했다.

슈아악.

참월신검이란 별호에 어울리는 쾌검.

하지만 그 검은 허공만을 가르고 지나갔다.

이미 쾌검을 펼칠 것을 알고 있었다는 듯 미리 대비하고 피한 위무성은 중심이 무너져 허점을 드러낸 연화 노인에게 검을 들이밀었다.

서격.

붉은 피가 솟구쳤다.

뼈가 드러날 정도로 연화 노인이 왼쪽 어깨에 입은 검상은 깊었다.

그러나 아무런 고통도 느끼지 못하는 사람처럼 눈살 한 번 찌푸리지 않았다.

그리고 연화 노인은 조금도 위축되지 않았다.

오히려 더욱 적극적으로 공세를 펼치기 시작했다.

쐐애액.

아래에서 위로 쳐올리는 일검.

검신이 지나가고 난 뒤 희미한 잔영만이 남을 정도의 쾌검이었지만, 이번에도 허공만을 갈랐다.

스팟.

그 검이 허공을 가르고 지나간 대가로 돌아온 것은 또 하나의 검상이었다.

이번에 옆구리에 입은 검상도 결코 얕지 않았다.

하지만 연화 노인의 공세는 주춤하기는커녕 더욱 격렬해졌다.

여유 만만하던 위무성을 당혹케 할 정도로.

"죽고 싶어 안달이 났군!"

"……."

허벅지 부근에 또 하나의 검상을 남기며 위무성이 소리쳤지만, 연화 노인은 아무런 대꾸도 하지 않았다.

마치 고통을 느끼는 감각이 마비된 사람마냥 무표정한 얼굴로 검을 휘둘렀다.

수비를 도외시한 채 오직 공격만 퍼붓는 연화 노인.

처음부터 동귀어진을 각오한 듯 무섭게 쏟아내던 연화 노인의 공세가 처음으로 성과를 거두었다.

위무성의 허벅지에 얕은 상처를 남겨두고 검이 지나갔다.

하지만 그 얕은 상처를 만들어낸 대가로 연화 노인은 내장이 쏟아질 정도로 복부에 깊은 상처를 입었다.

그리고 이번 상처는 결코 가볍지 않은 듯 연화 노인이 처음으로 주춤했지만 이내 다시 검을 휘둘렀다.

어느새 혈인처럼 변해 버린 연화 노인의 검이 위무성의 옆구리에 틀어박혔다.

그와 동시에 질렸다는 표정을 짓고 있던 위무성의 검도 연화 노인의 가슴 깊숙한 곳에 틀어박혔다.

"끝이야!"

덜렁거리며 옆구리에 틀어박혀 있는 검을 뽑아낼 생각도 않고 위무성은 연화 노인을 밀어냈다.

"아직… 이야."

그리고 힘없이 무너지는 듯 보이던 연화 노인은 마지막까지 포기하지 않았다.

검을 놓아버린 두 손으로 위무성의 왼쪽 다리를 꽉 움켜쥐었다.

어디서 그런 힘이 솟아나는 걸까.

마지막 한 모금의 진기까지 짜내서 위무성의 다리를 움켜쥔 채 힘을 더하고 있던 연화 노인은 머리를 걷어차이고서야 힘이 빠져나갔다.

"징그러울 정도로 지긋지긋하군."

그리고 위무성이 언짢은 표정으로 한마디를 덧붙일 때, 땅거죽을 뚫고 하나의 검신이 솟구쳐 올랐다.

처참한 몰골로 바닥에 쓰러져 있는 연화 노인과 시선이 부딪쳤다.

서서히 생기가 사라져 가고 있는 두 눈을 피하지 않고 마주하던 진가흔이 긴 한숨을 내쉬었다.

조금 전 연화 노인은 죽음을 도외시하고 상대를 해하려는 동귀어진의 각오로 위무성을 상대했다.

멀찍이 떨어져서 지켜보고 있던 진가흔조차 섬뜩함과 두려움을 느낄 정도로 연화 노인의 수법은 처절했다.

그리고 그만큼 안쓰럽기도 했다.

‘왜일까?’

저렇게까지 처절하게 몸부림을 쳤던 이유는 곧 알 수 있었다.

한 사람이 살아온 일평생.

그 일평생을 단번에 부정당하는 것만큼 서러운 것은 없다.

그 사실로 인해서 분노가 컸을 것이고, 연화 노인은 그 분노를 쏟아낼 곳이 필요했을 터다.

하지만 그것만은 아니었다.

연화 노인은 죗값을 치르고 싶어했다.

끝내 미안하단 말을 꺼내지는 않았지만 그는 말보다 행동으로 자신의 과오를 갚으려고 했던 것이다.

지금 생기가 사라져 가고 있는 그의 두 눈에 떠올라 있는 감정인 미안함과 홀가분함이 그 증거였다.

‘그쯤이면 됐소.’

연화 노인을 향해 진가흔이 가볍게 고개를 끄덕였다.

누군가 다가와서 이제는 연화 노인을 모두 용서했느냐고 묻는다면 명확하게 답할 자신은 없었다.

그렇지만 예전처럼 불같은 분노가 일어나지는 않았다.

어쩌면 자신이 살아온 일평생을 한순간에 부정당해 버린 연화 노인에 대한 연민 때문일지도 몰랐다.

또 시간이 많이 흐르기도 했고.

그리고 진가흔에게는 그에 대해서 더 깊이 생각할 시간이 주어지지 않았다.

‘뭐지?’

위화감이 깃들었다.

굳이 말로 설명하자면 이 자리에 있어서는 안 될 사람이 나타났다는 느낌이랄까.

예상치 못한 상황으로 인해 신경이 팽팽하게 곤두섰다.

그리고 진가흔은 얼마 지나지 않아 그 위화감의 정체를 파악했다.

‘귀수!’

살기를 없애고 기척마저 감추었지만 진가흔은 깨달을 수 있었다.

귀수가 이곳에 있다는 것을.

이건 한때 살수였던 적이 있기에 느낄 수 있는 특유의 위화감이었다.

그리고 예상대로였다.

땅거죽이 흔들리며 번개처럼 튀어나오는 하얀 검신을 확인한 순간, 진가흔의 마음은 급해졌다.

“안 돼!”

진가흔이 소리친 것과 땅거죽을 뚫고 튀어나온 하얀 검신이 위무성의 왼팔을 잘라낸 것은 거의 동시였다.

진가흔이 지체하지 않고 신형을 날린 것과 위무성이 당혹스런 표정으로 휘두른 검에 실린 검기가 모습을 드러낸 귀수의 가슴을 베고 지나간 것도 거의 동시였다.

검을 휘두르는 대신 진가흔은 쓰러지는 귀수를 부축했다.

반으로 쩍 갈라진 가슴.

울컥하고 검은 피를 게워내고 있는 귀수를 바라보던 진가흔은 안타까운 감정을 감출 수 없었다.

"왜… 왔어?"

"그냥 심심해서."

"미친놈!"

"사는 게 지겹기도 했고."

고통이 적지 않을 터인데도 귀수는 무표정했다.

아니, 그의 입매가 조금씩 일그러지기 시작했다.

그리고 웃었다.

지금까지 귀수와 적지 않은 시간을 함께 보내왔던 진가흔조차도 단 한 번도 본 적이 없던 환한 미소였다.

"생각보다 웃는 게 잘 어울리는군."

"부주도… 그런 얘길 하더군."

"……."

"마지막 살행은 실패할 줄 알았어."

죽음이 코앞으로 다가와 있었지만 귀수의 목소리는 담담했다.

"왜?"

"네놈 때문이지."

"핑계는."

“핑계가 아냐.”

귀수의 목소리에 힘이 실렸다.

그리고 서서히 생기가 사라져 가는 두 눈으로 진가흔을 바라보며 덧붙였다.

“살수에게 가장 위험한 것이 뭔지 알고 있지?”

“정이지.”

“그래, 그게 생겨 버렸거든.”

진가흔이 입술을 깨물었다.

아까 귀수가 꺼냈던 심심해서라는 대답은 거짓말이었다.

그가 이곳에 온 이유는 따로 있었다.

진가흔이 부탁하지도 않았고, 청부도 없었음에도 불구하고 귀수가 이곳에 모습을 드러낸 이유는 자신 때문이었다.

“든든했어.”

“뭐가?”

“네가 곁에 있다는 사실이.”

“나도 마찬가지였어.”

“그랬었나?”

귀수의 입가에 떠올라 있던 미소가 더욱 짙어졌다.

그리고 그 웃음을 머금은 채 귀수는 숨을 거두었다.

“자흔부 제일살수는 항상 너였어.”

환하게 웃고 있는 귀수의 얼굴을 기억 속에 각인시킨 후 진가흔이 신형을 일으켰다.

위무성의 얼굴은 일그러져 있었다.

서둘러 지혈을 했다고는 하나, 팔 하나가 잘려 나간 고통은 적지 않았다.

게다가 다른 상처도 적지 않았다.

옆구리, 어깨, 허벅지에는 유자명과 연화 노인이 남겨놓은 적지 않은 상처들이 그대로 남아 있었다.

그래서일까.

위무성의 눈자위가 붉게 물들어 있었다.

마치 광기에 휩싸인 사람마냥 붉게 물든 눈자위를 희번덕거리고 있는 위무성을 바라보던 진가흔이 그의 앞으로 다가갔다.

"우린… 악연이오."

아까는 꺼내지 못했던 대답.

하지만 뒤늦게 흘러나온 진가흔의 대답을 듣고서 위무성은 실성한 사람처럼 꺼이꺼이 웃었다.

"상관없어."

"그렇소?"

"넌 내 피를 끓게만 만들어주면 돼."

진득한 살기를 뿜어내며 소리치고 있는 위무성을 흘깃 살핀 진가흔이 고개를 끄덕였다.

위무성의 말이 옳았다.

악연이든 악연이 아니든 간에 결국은 부딪쳐야 할 사이였다.

또 지금 이자를 죽여야만 마지막을 향해 달려갈 수 있을 터였다.

그리고 강한 무인을 앞에 두고 호승심이 생기지 않을 리 없었다.

진가흔의 피도 뜨겁게 끓고 있었다.

그 뜨거워진 피에 화답이라도 하는 걸까.

의지를 일으켰을 뿐인데 자연스레 진기가 일어났다.

때로는 포근함을 느낄 정도로 부드럽게, 또 때로는 잊고 있던 투지를 일깨울 정도로 거칠게 폭주하는 현근기공의 진기가 진가흔에게 자신감을 심어주고 있었다.

'무엇을 펼칠까?'

조금 전에 위무성과 사형이 펼치던 대결.

사형이 그 대결에서 펼친 것은 완벽을 넘어선 자신만의 심득이 담긴 이십사수매화검법의 절초들이었다.

하지만 위무성은 조금도 당황하지 않았다.

그리고 그 이유는 단 하나.

그가 화산의 이십사수매화검법에 대해 완벽하게 꿰뚫고 있었기 때문이다.

그런 위무성이 육합검에 대해 모를 리 없었다.

기대에 찬 두 눈으로 자신을 노려보고 있는 위무성을 슬쩍 살핀 진가흔은 육합검법의 전반부 초식을 배제하고 바로 후반부 오초식을 펼치기로 결심했다.

육합검법 후반부 오초식 중 첫 번째 초식인 검세삼분.

일직선으로 파고들다가 예상치 못한 순간에 세 갈래로 갈라져 요혈을 노리고 다가가는 검신을 살피던 위무성이 눈을 치켜뜨며 검을 휘둘렀다.

쩡, 쩡, 쩌엉!

연달아 터지는 폭음과 함께 위무성이 만족스러운 표정을 지은 채 광소를 터뜨렸다.

"시작인가?"

하지만 진가흔은 대꾸하지 않았다.

아니, 입을 열어 대꾸할 여유가 없었다.

위무성의 내력은 검병을 움켜쥔 손아귀가 아릴 정도로 대단했다.

그러나 주눅이 들지는 않았다.

오히려 호승심이 더욱 들끓었다.

그와 동시에 혈도를 타고 더욱 거세게 질주하는 진기가 여기서 멈추지 말고 두 번째 초식으로 이어가자고 아우성치고 있었다.

슈아악.

위무성과의 최단거리를 격해서 일직선으로 파고들고 있던 검극이 가늘게 떨리기 시작했다.

그리고 시간이 흐를수록 점점 더 격렬한 떨림을 만들어내던 검극은 기어이 한 송이의 매화를 피워냈다.

섬수개화.

깡!

하지만 진가흔이 어렵게 피워낸 매화는 허무할 정도로 쉽게 사그라졌다.

쾌를 제압한 것은 중.

처음 접한 초식임에도 불구하고 위무성은 마치 파훼법을 알고 있는 것처럼 손쉽게 대응했다.

무겁기 그지없는 위무성의 일검은 갓 피어난 매화를 부숴버렸다.

"화산의 무공으로는 날 이길 수 없어!"

여전히 흥이 난 목소리로 위무성이 소리쳤지만 진가흔은 이번에도 대꾸하지 않았다.

쾌로 제압할 수 없다면 변으로 상대해야 했다.

주춤하며 뒤로 물러났던 검신이 다시 앞으로 전진했다.

그리고 다시 검극에서 피어나는 매화.

"생각보다 고집이 있군!"

위무성이 비웃음을 던졌지만 진가흔은 입술을 질끈 깨문 채 상단전을 깨웠다.

샤사사삭.

깨어난 상단전의 힘을 더해서 진가흔의 검신이 수십 개로 분열하는 듯한 착각을 만들어냈다.

육합검법 후반부 오 초식 중 세 번째 초식인 천변만화.

후각을 마비시켜 버릴 정도로 짙은 매화 향기가 장내에 퍼지며, 위무성의 신형도 불어난 검신에 의해서 사라져 버렸다.

쩌쩌쩌정!

쉴 새 없이 연달아 터지는 폭음.

그리고 다시 모습을 드러낸 위무성은 낭패한 기색이 역력했다.

그가 입고 있던 흑의는 원래의 형체를 알아보기 힘들 정도로 난자당해 있었고, 전신 곳곳에 검에 베인 상처에서 피가 흘러나오고 있었다.

하지만 진가흔의 상세는 더욱 심각했다.

겉으로 보기에는 아무런 손해도 입지 않은 듯 멀쩡해 보였지만, 내상을 입었다.

막힘없이 이어지던 진기가 순간 끊어졌다.

"이건 뭐지?"

"천변만화!"

"천 번의 변화를 일으킨 매화가 장내를 가득 메운다? 멋진 초식이군."

위무성은 순수하게 감탄했다.

그리고 진심으로 즐거운 듯 다시 광소를 터뜨렸다.

"그런데 여기까지가 끝인 듯 보이는군."

"……"

"하긴 이 정도까지 한 것만도 대단했지. 어, 다시 해볼 생각인가? 내상을 심각하게 입은 것 같은데 괜찮을까? 그렇게 애쓰지 마. 곱게 죽여줄 테니.”

위무성이 비웃음을 던지며 말했지만, 진가흔은 이번에도 대꾸하지 못했다.

안타까운 현실이지만, 위무성의 말은 사실이었다.

느긋하게 검을 든 채로 다가오고 있는 위무성을 바라보며 진가흔은 초조한 마음에 다시 검을 들어 올렸다.

하지만 내상으로 인해서 진기의 흐름이 막혀 있는 상황에서 무엇을 할까.

“알고 있었어.”

“뭘 알고 있었단 말이지?”

“네가 펼치는 무공에 대해서. 기존의 화산의 무공과는 궤가 전혀 다르더군. 아마 몰랐다면 위험했을 거야.”

위무성이 고백하듯 꺼낸 말을 듣고서 진가흔이 분한 표정을 감추지 않고 지그시 입술을 깨물었다.

지금까지 펼친 것은 후반부 오초식 중 세 초식뿐이었다.

아직 나머지 두 개의 초식은 펼쳐 보지도 못했다.

남은 두 개의 초식에 대해서는 위무성도 알지 못하는 만큼 충분히 위협적일 수 있는데 예상치 못한 내상이 발목을 잡았다.

“어쨌든 인정하지, 기존의 화산의 무공보다 낫다는 것을.”

그사이에도 위무성은 멈추지 않고 검을 든 채 다가오고 있었다.

그리고 위무성이 던진 말을 듣는 순간, 스승님의 얼굴이 떠올랐다.

비록 생사를 놓고 대결을 벌이고 있는 상대이긴 하지만, 위무성은 모두가 인정하는 고수였다.

또한 기존 화산의 무공에 대해서 누구보다 잘 알고 있는 자.

그런 그가 인정하고 있었다.

평생을 주류에서 밀려나 겉돌았던 스승님이 창안한 무공이 기존의 화산 무공보다도 뛰어나다고.

'만족하실까?'

아마 지금쯤 하늘에서 고개를 끄덕일 것이다.

그래서 스승님이 주름진 얼굴로 웃고 있는 모습을 그려보려 했지만, 그게 뜻대로 되지 않았다.

진가흔의 머릿속에 나타난 스승님은 뭔가 마음에 들지 않는 듯 잔뜩 미간을 찌푸리고 계셨다.

그리고 진가흔에게 호통을 쳤다.

"나의 무공이 아니다! 모두 화산의 무공이다!"

"……?"

"화산에 몸을 담지 않았다면 얻을 수 없었던 무공! 그 무공을 다시 화산에 돌려주어야 할 것 아니냐?"

죽지 마라.

어떻게든 살아남아서 무공을 화산에 전해주어라.

스승님은 그리 말씀하시고 계셨다.

그리고 한 번도 제자 된 도리를 하지 못했던 진가흔은 무슨 수를 쓰더라도 스승님의 뜻을 들어드리고 싶었다.

살아야겠다는 강한 의지.

그 의지가 일어나자 꽉 막혀 있던 진기의 흐름에도 미미한 변화가 생겼다.

"중단전을 깨워라."

지금껏 깨어날 기미가 보이지 않던 중단전이 눈을 뜬 것은 그때였다.

중단전은 상단전과 하단전을 이어주는 연결 고리.

중단전에서 일어난 진기가 어루만지듯 부드럽게 막혀 있던 진기의 흐름을 뚫어내기 시작했다.

'무변진결!'

아무런 의심도 없이 검을 들어 올리고 있는 위무성을 살피던 진가흔이 머릿속으로 떠올린 초식이었다.

변(變)의 끝은 무변(無變).

그 단순한 진리를 증명이라도 하듯 진가흔이 내민 검은 아무런 변화도 없이 밋밋하게 뻗어나갔다.

오히려 그것이 위무성의 방심을 불러일으켰다.

"이제 그만 끝내지."

왼쪽으로 한 걸음을 떼서 진가흔이 내밀고 있는 검을 피하며 위무성은 태산압정의 초식처럼 위에서 아래로 단순하게 검을 휘둘렀다.

그런 위무성이 도중에 검을 멈추었다.

그리고 심상치 않음을 직감한 듯 급히 뒤로 물러나며 회수한 검을 방어의 목적으로 휘둘렀다.

하지만 위무성이 다급히 휘두른 검은 텅 빈 허공만을 갈랐다.

푹.

밋밋하게만 느껴졌던 진가흔의 검은 위무성의 가슴에 상처를 남기고 나서야 전진을 멈추었다.

그러나 치명상은 아니었다.

다급한 상황에 처하자 위무성은 팔뚝을 내밀어 검을 막았다.

굵은 팔뚝을 관통한 검이 가슴까지 꿰뚫었지만, 임기응변이 워낙 시의적절해서 치명상은 아니었다.

"끝이 아니었던가?"

"무변진결. 육합검법 후반부 오초식 중 네 번째 초식이지."

"……."

"이제 마지막 다섯 번째 초식을 펼칠 차례요."

위무성의 두 눈에 떠오른 감정은 두 가지였다.

호기심과 두려움.

그의 눈에 뒤섞여 있는 호기심과 두려움을 확인한 진가흔
이 위무성의 팔뚝을 꿰뚫고 있던 검을 빼냈다.

진가흔으로서도 처음이었다.

육합검법 후반부 오초식 중 마지막 초식을 펼치는 것은.

하지만 긴장되거나 두렵지는 않았다.

진기의 흐름이 눈에 보이듯 환하게 느껴졌다.

단 한 번도 가지 않았던 길이지만 익숙하게 느껴진다고 해
야 할까.

우우웅.

진가흔의 의지에 힘을 불어넣듯이 검명이 터져 나왔다.

그리고 가늘게 떨리고 있는 검신이 순간 한 뼘은 길어진 듯
한 착각을 불러일으켰다.

"검강!"

경악에 찬 눈빛을 보이고 있는 위무성의 표정에서 여유가
사라졌다.

그런 위무성이 위에서 아래로 떨어져 내리고 있는 진가흔
의 검을 막기 위해 모든 내력을 담아 검을 쳐올렸다.

쩌엉.

이게 마지막 공방임을 알리듯 엄청난 굉음이 터져 나오며
해소되지 않은 경력에 의해 자욱한 먼지가 피어올랐다.

그 먼지가 가라앉고 마침내 장내의 전경이 드러났을 때, 위
무성의 신형은 무릎까지 바닥에 박혀 있었다.

그그극.

백짓장처럼 창백하게 질린 얼굴로 간신히 버티고 서 있는 위무성의 손에 들린 검신에 금이 가기 시작했다.

그리고 그 검신이 충격을 견디지 못하고 부서지며 산산조각난 파편이 바닥으로 우수수 떨어져 내렸다.

망연자실한 표정으로 검병만 남은 검을 바라보던 위무성이 가늘게 떨리는 목소리로 쥐어짜내듯 물었다.

"이게… 마지막 초식인가?"

"어땠소? 당신의 피를 끓게 만들기에 충분했소?"

"하핫! 차고 넘쳤어."

"그럼 미련은 없겠구려."

"하나만 묻지. 이 초식의 이름은 뭐지?"

진가흔이 대답 대신 하늘을 올려다보았다.

사실 후반부 마지막 초식의 이름은 없었다.

그러나 지금 이 순간, 진가흔은 이 초식의 이름을 짓고 싶었다.

"이 초식의 이름은……."

"……?"

"명현지공이오."

명현은 스승님의 도호.

적어도 이 훌륭한 무공을 창안한 스승님의 흔적 하나쯤은 남기고 싶다는 생각에 지은 이름이었다.

쓸데없는 짓을 했다며 겸연쩍은 표정으로 클클 웃고 계실 스승님의 얼굴이 떠올랐지만, 스승님에게는 자격이 있었다.

"뭔가 사연이 있는 이름이겠군."

"당신이 죽었으니 흑천은 끝이겠구려."

고개를 끄덕이며 진가흔이 말했지만 위무성은 고개를 흔들었다.

"흑천의 저력은 생각보다 크고 깊지. 내가 죽었다고 해서 끝나지 않아. 나를 대신한 누군가가 다시 나타나겠지."

"……."

"어쨌든 나와 자네의 싸움은… 끝났군."

모든 것을 포기해서일까.

오히려 지극히 담담한 목소리로 위무성이 이야기를 꺼냈지만, 진가흔은 틀렸다는 듯이 고개를 흔들었다.

"내 싸움은 아직 끝나지 않았소. 아니, 이제부터가 진짜 시작이오."

위무성이 죽었다.

그리고 그의 피가 묻어 있는 검을 바닥으로 늘어뜨리고 있던 진가흔은 연자경과 함께 온 청의무인들이 서 있는 쪽으로 신형을 돌렸다.

치열한 격전을 벌인 여파일까.

어깨를 들썩이며 가쁜 숨을 내쉬던 진가흔이 한참 만에야 소리쳤다.

"대체 왜 그랬소?!"

오 척도 되지 않을 듯 보이는 단신.

게다가 등이 굽어서 더욱 작아 보이는 학사모를 눌러쓴 노인이 청의무인들 틈을 헤치고 천천히 걸어나왔다.

하지만 노인에게서 은연중에 흘러나오는 위엄으로 인해서 실제로 마주한 노인은 전혀 작아 보이지 않았다.

그리고 일흔에 가까운 노인이라고는 쉽게 믿기지 않는 강렬한 안광을 쏘아내고 있는 노인을 확인하고서 진가흔은 동요를 감추지 못했다.

그러지 않으려고 해도 눈동자가 흔들렸다.

"용케 살아남았구나."

무척이나 오랜 시간이 지났지만 카랑카랑한 노인의 목소리는 변하지 않았다.

"억울해서 죽을 수가 없었소."

가늘게 떨리는 목소리로 대답하며 진가흔은 노인을 살폈다.

이건 진심이었다.

몇 번이나 포기하고 싶은 순간이 있었음에도 끝내 포기하지 않았던 이유는 너무 억울해서였다.

그리고 머리에 쥐가 날 정도로 생각해 보았지만 도무지 알 수 없었다.

눈앞에 서 있는 노인.

　연지현이 억울한 누명을 씌워서 자신을 죽이려 한 진짜 이유를.

　그래서 이 자리를 마련했다.

　연지현의 입으로 직접 그 이유를 듣기 위해서.

　"내가 이곳에 올 줄 알았나 보구나."

　"그렇소."

　"어떻게 알았느냐?"

　"자경이의 힘으로 이만한 금의위 무인들을 움직일 수는 없으니까 당신의 이름을 팔았을 것이오."

　"……?"

　"그리고 당신이 그것을 눈치채지 못했을 리가 없소. 아마 당신이 나서서 금의위 무사들을 움직였을 것이오."

　진가흔의 이야기는 거침이 없었다.

　그리고 연지현도 굳이 부정하지 않았다.

　"그동안 눈치가 늘었구나. 그럼 내가 금의위 무사들을 이끌고 이곳에 온 이유도 짐작하고 있겠구나?"

　"그렇소."

　"그 이유가 무엇일 것 같으냐?"

　"날 확실히 죽이기 위해서."

　진가흔의 대답이 틀리지 않았다는 것을 인정하듯 연지현이 희미하게 웃었다.

　그리고 그 웃음을 확인한 진가흔이 입술을 지그시 깨물었다.

"그전에 내게 억울한 누명을 씌워서 죽이려 한 이유를 듣고 싶소."

"눈치가 꽤나 는 것 같은데 그건 아직 모르겠느냐?"

"모르겠소."

진가흔은 솔직하게 대답했고, 연지현은 잠시 망설이다 입을 뗐다.

"넌 너무 똑똑했다."

"……?"

"그래서 일부러 널 내쫓았다. 하지만 네가 사라진 후에도 자경이는 너의 그늘에서 벗어나지 못했지. 네가 살아 있는 한 자경이는 평생을 그 그늘 속에서 살 수밖에 없다는 생각이 들었다."

"고작 그 이유요?"

"고작이 아니다. 자경이는 내게 하나뿐인 자식이지. 그 아이가 너 따위 놈으로 인해 기가 죽어 있는 것을 지켜볼 수 없었다."

연지현이 열변을 토해냈다.

하지만 진가흔은 실소를 터뜨렸다.

마침내 연지현의 입으로 직접 그 이유를 들었지만 어이가 없을 뿐이었다.

"그게 부정(父情)이란 것이다."

자식을 사랑하는 아버지의 마음.

그렇지만 어긋난 애정일 뿐이었다.

그 어긋난 애정으로 인해 한 사람의 인생이 망가졌으니까.

"더 궁금한 것이 없다면 이제 그만 죽어다오."

그리고 여전히 뻔뻔한 표정으로 부탁하는 연지현을 바라보던 진가흔이 힘차게 고개를 흔들었다.

"난 죽을 수 없소."

"이유가 무엇이냐?"

"당신 자식의 인생이 소중하듯이 나의 삶도 소중하니까."

진가흔이 검을 고쳐 쥐었다.

소중한 삶을 이어가기 위해서는 검을 들어야 했다.

그것이 강호를 살아가는 사람의 숙명이니까.

"너 혼자서 금의위 무사들을 감당할 수 있을 것 같으냐?"

연지현이 코웃음을 쳤지만 진가흔도 지지 않고 대답했다.

"두고 보면 알 것이오, 당신은 사람을 잘못 건드렸다는 것을."

"……?"

"그리고 난 혼자가 아니오."

말을 마친 진가흔이 조금의 망설임도 없이 금의위 무인들 틈으로 신형을 날리며 검을 휘둘렀다.

그리고 저 멀리서 달려오는 석대운과 하연춘, 단화영의 모습을 확인하고서 진가흔의 입가로 희미한 미소가 번졌다.

하얗고 긴 손가락이 얼굴을 더듬는다.

굳이 눈을 뜨고 확인하지 않아도 진가흔은 이 손의 주인이
누구인지 알고 있었다.

행여나 진가흔이 잠에서 깨어날지도 모른다는 걱정 때문
인지 극도로 조심스럽게 더듬는 손길.

코끝으로 전해지는 손 내음을 가진 사람은 이 넓은 세상에
단 한 사람.

바로 수련뿐이었다.

얼굴을 더듬고 있는 그 고운 손을 와락 움켜쥐고 싶은 것을
간신히 참았다.

아직도 익숙하지 않아서일까. 얼굴 위에 십자 형태로 가로지르고 있는 흉터를 손끝으로 조심스레 만지고 있는 수련이 가늘게 한숨을 내쉬었다.

달콤한 내음이 코끝을 간질이는 바람에 더는 참지 못하고 팔을 뻗어서 수련을 품속에 끌어안았다.

"깼어요?"

미안한 기색이 묻어 있는 수련의 질문을 들었지만 진가흔은 대답하는 대신 수련을 안고 있는 손에 힘을 더했다.

지난 시간 동안 어떤 일을 겪었는가는 중요치 않았다.

현재 그녀가 함께 있다는 것이 중요했다.

여전히 같은 마음을 가진 채로.

그녀에게서 전해지는 체온이 좋았다.

하마터면 두 번 다시는 느끼지 못할 뻔했던 따스함이었기에 더욱 소중했다.

"너 때문이 아냐. 어차피 일어나려고 했어."

"벌써요?"

"오늘은 특별한 날이거든."

마지막으로 그녀를 힘껏 안아준 후 진가흔이 신형을 일으켰다.

그래, 오늘은 무척이나 특별한 날이다. 한동안 연락이 없었던 자들이 작정이라도 한 듯 찾아온다는 기별을 했으니까.

"누가 오는 건데요?"

"사형!"

"화산의 장문인요?"

"그래, 그리고 하오문을 이끌고 있는 두호도 온다고 하더군. 그뿐이 아니야. 하 형과 석 형, 단 제도 온다고 하더군."

"왜 다들 이렇게 한꺼번에 올까요?"

어느새 신형을 일으켜 곁에 앉은 수련의 표정에는 불안함이 깃들어 있었다.

하지만 진가흔은 편안하게 웃으며 그녀를 위로했다.

"아무 걱정할 것 없어."

수련의 손을 힘껏 잡아준 후 진가흔이 어스름한 빛이 새어 들어 오고 있는 창밖을 가만히 응시했다.

아직 아무도 없는 바깥.

하지만 환한 웃음을 매단 채 앞 다투어 달려오는 그들의 모습이 떠올라서 진가흔이 편안한 미소를 머금은 채 말했다.

"혈로를 걸어가던 암제는 이미 죽은 지 오래야. 평범하지만 소중한 삶을 살아가는 진가흔이란 사내가 있을 뿐이야."

『암제혈로』완결

유행이 아닌 자유추구 −
WWW. chungeoram.com
Book Publishing CHUNGEORAM

絶代君臨

절대군림

장영훈 新무협 판타지 소설

문피아 골든베스트 1위, 선호작 베스트 1위

「고표무적」, 「일도양단」, 「마도쟁패」에 이은 장영훈의 네 번째 강호이야기.

절대군림

"왜 나를 선택했지?"
"당신은 좋은 어른이니까."

호북 제패를 시작으로 적이건의 강호 제패가 시작된다.

"비록 아버지의 강호가 옳다 해도, 난 어머니의 강호에서 살 거야.
아버지의 강호는 너무… 고리타분하거든."

왼손에는 군자검을, 오른손에는 지옥도를 든 천하제일과일상
행운유수의 장남 적이건. 그의 유쾌하고 신나는 강호제패기

"문파를 세울 거야. 이 강호에서 가장 강하고 멋진."

Book Publishing CHUNGEORAM

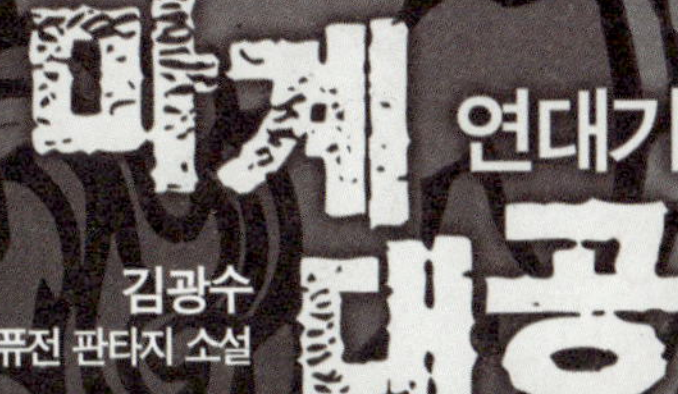

마계대공 연대기

김광수
퓨전 판타지 소설

Darkness Duke Chronicle

"여기가 마계라굽쇼!"

모태솔로의 저주를 풀기 위하여 눈물겨운 투쟁을 벌이는 강찬우.
벼락 맞고 갑자기 소환된 마계에서 만난 최상급 마족 미소녀
세를리아의 소환수 1호가 되어 벌이는 좌충우돌 대서사시.
그 누구도 깨닫지 못한 고대 마법의 힘을 얻어 마계와 중간계,
천계와 환수계, 정령계를 넘나들기 시작하는데…….

행복 꽃사슴 농장 농장주가 되기를 소박하게 꿈꾸는 강찬우.
신들의 비밀을 파헤치고 앞을 막아서는 모든 것들에 강철주먹을 날리며
대륙의 지존영웅이 되어간다.
천상천하 유아독존 마계대공이라는 이름으로…….

유행이 아닌 자유추구 -
WWW. chungeoram.com
Book Publishing CHUNGEORAM

Book Publishing CHUNGEORAM

풍림화산

임영기
新무협 판타지 소설

천당에서 지옥으로 질풍노도처럼[風] 거지에서 대살수로 웅크린 숲처럼[林]
복수의 화신으로 불길처럼[火] 악마에서 영웅으로 거대한 山이 된다.

풍림화산(風林火山)

한 사나이의 파란만장한 대역정이 웅장하고 장렬하게 펼쳐진다.

유행이 아닌 자유추구 -
WWW.chungeoram.com
Book Publishing CHUNGEORAM

Book Publishing CHUNGEORAM

Dynamic island on-line

D·I·O 디오

박건 게임 판타지 소설

백경(1,000,000,000,000,000,000)
그것은 천문학적인 경우의 수로 태어나는 [돌연변이적 천재].
있을 수 없는 가능성에서만 일어나는 [확률의 기적]. 그러나 그 대상은……

"형! 미공개 신대륙에 들어간 유저가 있어요!" "뭐? 아직 비공정은 만들지도 않았는데 어떻게?"
"그, 그게 헤엄쳐……." "뭐라?"

제약이 사라진 세계. 점점 물질계에 관여하기 시작한 신과 초월자들
혼돈스러운 와중 정체불명의 존재들은 게임이라는 시스템을 이용한
무력 집단을 만들기 시작하는데……

"그럼 이젠 어딜 가볼까?" [렙업 좀 해……]

복장은 마법사! 특기는 무공!
그러나 오늘도 그는 물에 몸을 던진다.

유행이 아닌 자유추구 ~
WWW. chungeoram.com
Book Publishing CHUNGEORAM

일류 新무협 판타지 소설

천산마제

내일을 기약할 수 없는 땅, 천산.
소녀로부터 은자 한 닢의 빚을 진 소년 용악,
청년이 된 용악은 천산의 하늘이 된다.

하늘을 가르고 땅을 뒤엎는다!
한 호흡에 만 개의 벽(壁)!!
지금껏 내게 이빨을 드러낸 것들은 모두 죽었다.

은자 한 닢의 빚을 갚으며 시작된
십천좌들과의 승부.
오너라! 천산의 제왕, 천산마제가 여기 있다!

유행이 아닌 자유추구 -
WWW.chungeoram.com
Book Publishing CHUNGEORAM